（明）吴承恩　撰

李卓吾先生批評西遊記

第二册

國家圖書館出版社

第二冊目録

西遊記

第一回　靈根育孕源流出　心性修持大道生

詩曰

混沌未分天地亂。茫茫渺渺無人見。自從盤古破鴻濛。開闢從茲清濁辨。覆載羣生仰至仁。發明萬物皆成善。欲知造化會元功。須看西遊釋厄傳

釋厄二字着眼。不能釋厄。不知。不讀西遊

蓋聞天地之數。有十二萬九千六百歲爲一元。將一元分爲十二會。乃子丑寅卯辰巳午未申酉戌亥之十二支也。每會該一萬八百歲。且就一日而論。子時得[illegible]而丑[illegible]

鷄鳴寅不通光而卯則日出辰時食後而巳則挨排日午天中而未則西蹉申時晡而日落酉戌黄昏而人定亥譬于大數若到（說得明白）戌會之終則天地昏曚而萬物否矣再去五千四百歲交亥會之初則當黑暗而兩間人物俱無矣故曰混沌又五千四百歲亥會將終貞下起元近子之會而復逐漸開明邵康節曰冬至子之半天心無改移一陽初動處萬物未生時到此天始有根再五千四百歲正當子會輕清上騰有日有月有星有辰日月星[illegible]之四象故（從大道理說起不是會白嚼舌者）曰天開于子又經五千四百歲子會將終近丑之會而遂漸堅實易曰大哉乾元至哉坤元萬物資生乃順承天至

此地始凝結再五千四百歲正當丑會重濁下凝有火有山有石有土水火山石土謂之五形故曰地闢又經五千四百歲丑會終而寅會之初發生萬物曆曰氣下降地氣上升天地交合羣物皆生至此天清地爽陰陽交合再五千四百歲正當寅會生人生獸生禽正謂天地人三才定位故曰人生于寅感盤古開闢三皇治世五帝定倫世界之間遂分爲四大部洲曰東勝神洲曰西牛賀洲曰南贍部洲曰北俱蘆洲這部書單表東勝神洲海外有一國土名曰傲來國國近大海海中有一座名山喚爲花果山此山乃十洲之祖脉三島之來龍自開清濁而

立。鴻濛判後而成。真箇好山。有詞賦為證。賦曰
勢鎮汪洋。威靈瑤海。勢鎮汪洋。潮湧銀山魚入穴。威靈
瑤海。波翻雪浪蜃離淵。木火方隅高積土。東海之處聳
崇巔。丹崖怪石。削壁奇峰。丹崖上。彩鳳雙鳴。削壁前。麒

凡西遊詩賦只要好聽原為只說而設若以文理求之則腐矣

麟獨臥。峰頭時聽錦雞鳴。石窟每觀龍出入。林中有壽
鹿仙狐。樹上有靈禽玄鶴。瑤艸奇花不謝。青松翠柏長
春。仙桃常結果。修竹每留雲。一條澗壑籐蘿密。四面原
堤艸色新。正是百川會處擎天柱。萬劫無移大地根
那座山。正當頂上。有一塊仙石。其石有三丈六尺
有二丈四尺圍圓。三丈六尺五寸高。按周天三百

度二丈四尺圍圓按政曆二十四氣上有九竅八孔按九宮八卦（此說心之始也勿認說猴）四面更無樹木遮陰左右倒有芝蘭相襯蓋自開闢以來每受天真地秀日精月華感之既久遂有靈通之意內育仙胎一日迸裂產一石卵似圓毬樣大因見風化作一個石猴五官俱備四肢皆全便就學爬學走拜了四方目運兩道金光射沖斗府驚動高天上聖大慈仁者玉皇大天尊玄穹高上帝駕座金闕雲宮靈霄寶殿聚集仙卿見有金光燄燄即命千里眼順風耳開南天門觀看二將果奉旨出門外看的真聽的明須臾回報道臣奉旨觀聽金光之處乃東勝神州海東傲來小國之界有一座花

果山山上有一仙石石產一卵見風化一石猴在那里拜
四方眼運金光射冲斗府如今服餌水食金光將潛息矣（着眼）
玉帝垂賜恩慈曰下方之物乃天地精華所生不足為異
那猴在山中却會行走跳躍食艸木飲澗泉採山花覓樹
果與狼蟲為伴虎豹為羣獐鹿為友獮猿為親夜宿石崖
之下朝遊峰洞之中真是山中無甲子寒盡不知年一朝
天氣炎熱與羣猴避暑都在松陰之下頑耍你看他一個
個

跳樹攀枝採花覓果抛彈子邪麽兒跑沙窩砌寶塔趕
蜻蜓撲䖳蜡參老天拜菩薩扯葛藤編艸帓捉虱子咬

又掐理毛衣剔指甲。挨的挨擦的擦推的推壓的壓扯的扯拉的拉青松林下任他頑綠水澗邊隨洗濯一羣猴子耍了一會却去那山澗中洗澡見那股澗水奔流真箇似滚瓜湧濺古云禽有禽言獸有獸語衆猴都道這股水不知是那里的水我們今日赶閒無事順澗邊徃上溜頭尋看源流耍子去耶喊一聲多拖男挈女喚弟呼兄一齊跑來順澗爬山直至源流之處乃是一股瀑布飛泉但見那

一派白虹起千尋雪浪飛海風吹不斷汀月照還依冷氣分青嶂餘流潤翠微潺湲名瀑布真似掛簾帷

衆猴拍手稱揚道好水好水原來此處遠通山脚之下直接大海之波又道那一個有本事的鑽進去尋個源頭出來不傷身體者我等即拜他爲王（着根今世上那一个有本事鑽進去討出箇源頭來可歎可歎）連呼了三聲忽見叢襍中跳出一個石猴應聲高叫道我進去我進去好猴也是他

今日方名顯　時來大運通　有緣居此地　天遣入仙宮

你看他瞑目蹲身將身一縱徑跳入瀑布泉中忽睁睛擡頭觀看那裏邊却無水無波明明朗朗的一架橋梁他住了身定了神仔細再看原來是座鐵板橋橋下之水沖貫于石竅之間倒掛流出去遮閉了橋門却又欠身上橋頭

再走再看却似有人家住處一般真箇好所在但見那
翠蘚堆藍白雲浮玉光搖片片烟霞虛牕靜室滑凳板
生花乳窟龍珠倚掛縈廻滿地奇葩鍋竈傍崖有火跡
樽罍靠案見殽渣石座石床真可愛石盆石碗更堪誇
又見那一竿兩竿修竹三點五點梅花幾樹青松常帶
雨渾然相箇人家
看罷多時跳過橋中間左右觀看只見正當中有一石碣
碣上有一行楷書大字鐫着花果山福地水簾洞洞天石
人人俱有此洞天福地惜不曾看見耳
猿喜不自勝急抽身往外便走復瞑目蹲身跳出水外打
了兩箇呵呵道大造化大造化衆猴把他圍住問道裏面

怎麽樣。水有多深。石猴道沒水沒水。原來是一座鐵板橋。橋那邊是一座天造地設的家當。

那个沒有個家當只是不能

衆猴道怎見得是個家當。

受用

石猴笑道。這股水乃是橋下沖貫石竅。倒掛下來。遮閉門戶的。橋邊有花有樹。乃是一座石房。房內有石鍋石竈石碗石盆石床石凳。中間一塊石碣。上鐫着花果山福地水簾洞洞天。真個是我們安身之處。裏面且是寬闊。容得千百口老小。我們都進去住。也省得受老天之氣。

省得受老天之氣如此說話誰說得出

這裏邊刮風有處躲。下雨好存身。霜雪全無懼。雷聲永不聞。烟霞常照耀。祥瑞每蒸薰。松竹年年秀。奇花日日新。

衆猴聽得。個個歡喜。都道你還先走。帶我們進去進去。石猴却又瞑目蹲身往裡一跳叫道都隨我進來進來那些猴有膽大的都跳進去了膽小的一箇箇伸頭縮頸抓耳撓腮大聲叫喊纏一會也都進去了跳過橋頭一個個搶盆奪碗占竈爭床搬過來移過去正是猴性頑劣再無一箇寧時只搬得力倦神疲方止石猿端坐上面道列位呵（着眼）（老猴也曾讀論語）人而無信不知其可你們纔說有本事進得來出得去不傷身體者就拜他爲王我如今進來又出去出去又進來尋了這一箇洞天與列位安眠穩睡各享成家之福何不拜我爲王衆猴聽說即拱伏無違一個個序齒排班朝上（着眼）禮拜都稱千歲大王自此石猿高登王位將石字兒隱了

遂稱美猴王。有詩爲証。

詩曰

三陽交泰產羣生。仙石胞含日月精。借卵化猴完大道。假他名姓配丹成。內觀不識因無相。外合明知作有形。歷代人人皆屬此。稱王稱聖任縱橫。

此物原是外王內聖的故有美猴王齊天大聖之號看眼着眼

美猴王領一羣猿猴獼猴馬猴等。分派了君臣佐使。朝遊花果山。暮宿水簾洞。合契同情。不入飛鳥之叢。不從走獸之類。獨自爲王不勝懽樂是以

春採百花爲飲食。夏尋諸果作生涯。秋收芋栗延時節。冬覓黃精度歲華。

美猴王享樂天真何期有三五百載一日與羣猴喜宴之
間忽然憂惱墮下淚來衆猴慌忙羅拜道大王何爲煩惱
猴王道我雖在歡喜之時却有一點兒遠慮故此煩惱衆
猴又笑道大王好不知足我等日日權會在仙山福地古
洞神洲不伏麒麟轄不伏鳳凰管又不伏人間王位所拘
束自由自在乃無量之福爲何遠慮而憂也猴王道今日
雖不歸人王法律不懼禽獸威服將來年老血衰暗中有
閻王老子管着一旦身亡可不枉生世界之中不得久注
天人之内衆猴聞此言一個個掩面悲啼俱以無常爲慮
只見那班部中忽跳出一個通背猿猴厲聲高叫道大王

若是道心遠慮真所謂道心開發也。如令五虫之内。惟有三等名色。不伏閻王老子所管。猴王道。你知那三等人。猿猴道。乃是佛與仙與神聖三者。躲過輪廻。不生不滅。與天地山川齊壽。猴王道。此三者。居于何所。猿猴道。他只在閻浮世界之中。古洞仙山之内。猴王聞之。滿心懽喜道。我明日就辭汝等下山。雲遊海角。遠涉天涯。務必訪此三者。學一箇不老長生。常躲過閻君之難。噫這句話頓教跳出輪廻網。致使齊天大聖成。衆猴鼓掌稱揚。都道善哉善哉。我等明日越嶺登山。廣尋些果品。大設筵宴。送大王也。次日衆猴果去採仙桃。摘異果。刨山藥。劚黄精。芝蘭香蕙瑶草

奇花般般件件齊齊整整擺開石凳石桌排列仙酒仙殽

但見那

金丸珠彈紅綻黃肥金丸珠彈臘櫻桃色真甘美紅綻黃肥熟梅子味果香酸鮮龍眼肉甜皮薄火荔枝核小囊紅林檎碧實連枝獻枇杷緗苞帶葉擎兔頭梨子雞心棗消渴除煩更解醒香桃爛杏美甘甘似玉液瓊漿脆李楊梅酸蔭蔭如脂酥膏酪紅囊黑子熟西瓜四瓣黃皮大柿子石榴裂破丹砂粒現火晶珠芋栗剖開堅硬肉團蜜蠟珀胡桃銀杏可傳茶椰子葡萄能做酒榛松榧柰滿盤盛藕蔗柑橙盈案擺熟煨山藥爛煮黃精

搗碎茯苓兼薏苡，石鍋微火漫炊羹。人間縱有珍羞味，
怎比山猿樂更寧。

羣猴尊美猴王上坐，各依齒肩排于下邊，一個個輪流上前，奉酒奉花奉果，痛飲了一日。次日，美猴王早起，教小的們替我折些枯松，編作栰子，取個竹竿作篙，收拾些果品之類，我將去也。果獨自登栰，盡力撐開，飄飄蕩蕩，徑向大海波中，趁天風來渡南贍部洲地界。這一去，正是那

○如○此○勇○決○自○然○跳○出○生死可羨可法

天產仙猴道行[illegible]駕栰趁天風，飄揚過海尋仙道，
立志潛修建大[illegible]有分有緣休俗願，無憂無慮會元龍。
料想必遇知音者，說破源流萬法通。

也是他運至時來。自登木筏之後。連日東南風緊。將他送到西北岸前。乃是南贍部洲地界。持蒿試水。偶得淺水。棄了筏子。跳上岸來。只見海邊上。有人捕魚打鴈。挖蛤淘鹽。他走近前。弄箇把戲。妝箇䖘虎。唬得那些人。丟筐棄網。四散奔跑。將那跑不動的拿住一個。剝了他的衣裳。也學人穿在身上。搖搖擺擺。穿州過府。在于市廛中學人禮。學人話。朝餐夜宿。一心裡訪問佛仙神聖之道。覓箇長生不老之方。（真真）見世人都是爲名爲利之徒。更無一個爲身命者。正是那

（世人可惜。世人可嘆。不及那猴王多矣。）

爭名奪利幾時休。早起遲眠不自由。騎着驢騾思駿馬

官居宰相望王侯。只愁衣食耽勞碌何怕閻君就取勾。
繼子蔭孫圖富貴。更無一個肯回頭

猴王參訪仙道。無緣得遇。在于南贍部洲。串長城。遊小縣。不覺八九年餘。忽行至西洋大海。他想着海外。必有神仙。獨自個依前作筏。又飄過西海。直至西牛賀洲地界。登岸徧訪多時。忽見一座高山秀麗。林麓幽深。他也不怕狼虫。不懼虎豹。登山頂上觀看。果是好山

千峰列戟。萬仞開屏。日映嵐光輕鎖翠。雨收黛色冷含青。枯藤纏老樹。古渡界幽程。奇花瑞草。修竹喬松。修竹喬松。萬載常青欺福地。奇花瑞草。四時不謝賽蓬瀛。幽

鳥啼聲近源泉响溜溜重重谷壑芝蘭繞處處巉崖苔蘚生起伏巒頭龍脈好必有高人隱姓名

正觀看間忽聞得林深之處有人言語急忙趨步穿入林中側耳而聽原來是歌唱之聲歌曰

觀棋柯爛伐木丁丁雲邊谷口徐行賣薪沽酒狂笑自陶情蒼逕秋高對月枕松根一覺天明認舊林登崖過嶺持斧斷枯藤收來成一担行歌市上易米三升更無些子爭競時價平平不會機謀巧笑沒榮辱恬淡延生

好快活

相逢處非仙即道靜坐講黃庭

美猴王聽得此言滿心懽喜道神仙原來藏在這里即忙

跳入裡面。仔細再看。乃是一個樵子。在那里舉斧砍柴。但看他打扮非常、

頭上帶箬笠。乃是新笋初脫之籜。身上穿布衣。乃是木綿撚就之紗。腰間繫環縧。乃是老蠶口吞之絲。足下踏草履。乃是枯莎槎就之爽。手執衡鋼斧。擔挽火麻繩。扳松劈枯樹。爭似此樵能

猴王近前叫道。老神仙。弟子起手。那樵漢慌忙丟了斧。轉身答禮道。不當人。不當人。我拙漢衣食不全。怎敢當神仙二字。猴王道。你不是神仙。如何說出神仙的話來。樵夫道我說甚麼神仙話。猴王道。我纔來至林邊。只聽的你說。相

蓬處非仙卽道靜坐講黃庭黃庭乃道德眞言非神仙而何樵夫笑道實不瞞你說這箇詞名做滿庭芳乃一神仙敎我的那神仙與我舍下相鄰他見我家事勞苦日常煩惱教我遇煩惱時卽把這詞兒念念一則散心二則解困我纔有些不足處思慮故此念念不期被你聽了猴王道你家旣與神仙相鄰何不從他修行學得個不老之方卻不是好樵夫道我一生命苦自幼蒙父母養育至八九歲纔知人事不幸父喪母親居孀再無兄弟姊妹只我一人沒奈何早晚侍奉如今母老一發不敢拋離卻又田園荒蕪衣食不足只得斫兩束柴薪挑向市塵之間貨幾文錢

糴幾升米，自炊自造，安排些茶飯，供養老母，所以不能修行。猴王道：據你說起來，乃是一個行孝的君子，向後必有好處。但求你指與我那神仙住處，却好拜訪去也。樵夫道：一部西遊此是宗旨。不遠不遠，此山叫做靈臺方寸山，靈臺方寸心也。山中有座斜月三星洞，斜月象一勾，三星象三點，也是心。言學仙不必在遠，只在此心。那洞中有一個神仙，稱名須菩提祖師。那祖師出去的徒弟也不計其數，見今還有三四十人從他修行。你順那條小路兒向南行七八里遠近，即是他家了。猴王用手扯住樵夫道：老兄，你便同我去去，痴猴若還得了好處，決不忘你指引之恩。樵夫道：你這漢子甚不通變，我方纔這般與你說了，你還不須信，若我與你去了却不誤了我的生意老母何人奉養我要斫柴你自去自去猴王聽說只得相辭出深林我上路徑過了山坡約有七八里遠果然望見一座洞府挺身觀看真好去處但見

烟霞散彩日月搖光千株老栢萬節修篁千株老栢帶雨半空青冉冉萬節修篁含烟一壑色蒼蒼門外奇花（此是什麽去處人須自想）布錦橋邊瑤草噴香石崖突兀青苔潤懸壁高張翠蘚長時聞仙鶴唳每見鳳凰翔仙鶴唳時聲振九皐霄漢遠鳳凰翔起翎毛五色彩雲光玄猿白鹿隨隱見金獅玉象任行藏細觀靈福地真箇賽天堂

又見那洞門緊閉靜悄悄杳無人跡忽回頭見崖頭立一石牌約有三丈餘高八尺餘濶上有一行十箇大字乃是靈臺方寸山斜月三星洞美猴王十分懽喜道此間人果是朴實果有此山此洞看勾多時不敢敲門且去跳上松枝稍頭摘松子吃了頑耍少頃間只聽得呀的一聲洞門開處裡面走出一個僊童真箇丰姿英偉像貌清奇比尋常俗子不同但見他

此童子是什麼人自思之

髽髻雙絲綰寬袍兩袖風貌和身自別心與相俱空物外長年客山中永壽童一塵全不染甲子任翻騰

那童子出得門來高叫道甚麼人在此搔擾猴王撲的跳

下樹來上前躬身道仙童我是個訪道學仙之弟子更不敢在此搔擾仙童笑道你是個訪道的麽猴王道是童子道我家師父正纔下榻登壇講道還未說出原由就教我出來開門說外面有個修行的來了可去接待接待想必就是你了猴王笑道是我是我（好擔當）童子道你跟我進來這猴王整衣端肅隨童子徑入洞天深處觀看一層層深閣瓊樓一進進珠宮貝闕說不盡那靜室幽居直至瑤臺之下見那菩提祖師端坐在臺上兩邊有三十個小仙侍立臺下果然是

大覺金仙沒垢姿西方妙相祖菩提不生不滅三三行

全氣全神萬萬慈空寂自然隨變化真如本性任爲之
與天同壽莊嚴體歷刧明心大法師
美猴王一見倒身下拜磕頭不計其數口中只道師父師父我弟子志心朝禮志心朝禮祖師道你是那方人氏且說箇鄉貫姓名明白再拜猴王道弟子乃東勝神洲傲來國花果山水簾洞人氏祖師喝令趕出去他本是個撒詐搗虛之徒那里修甚麼道果猴王慌忙磕頭不住道弟子是老實之言決無虛詐祖師道你既老實怎麼說東勝神洲那去處到我這里隔兩重大海一座南贍部洲如何就得到此猴王叩頭道弟子飄洋過海登界遊方有十數個

年頭方纔訪到此處祖師道既是逐漸行來的也罷你姓甚麼猴王又道我無性人若罵我我也不惱若打我我也不嗔只是陪箇禮兒就罷了一生無性祖師道不是這箇好挑醒性你父母原來姓甚麼看眼無父母就是自家做祖了猴王道我也無父母祖師道既無父母想是樹上生的猴王道我雖不是樹上生却是石裡長的我只記得花果山上有一塊仙石其年石破我便生也祖師聞言暗喜道這等説却是個天地生成的你起來走走我看猴王縱身跳起拐呀拐的走了兩遍祖師笑道你身軀雖是鄙陋却像個食松果的猢猻我與你就身上取個姓氏意思教你姓猢猢字去了箇獸傍乃是箇古月

○大○道○理○只○是○如○今○姓○胡○的○怎○麽○處○

古者老也。月者陰也。老陰不能化育。教你姓猻倒好。猻字去了獸傍。乃是箇子系。子者兒男也。系者嬰細也。正合嬰兒之本論。教你姓孫。罷猴王聽說。滿心懽喜。朝上叩頭道好好好。今日方知姓也。萬望師父慈悲。既然有姓。再乞賜箇名字。却好呼喚。祖師道。我門中有十二箇字。分派起名。到你乃第十輩之小徒矣。猴王道。那十二箇字。祖師道。乃廣大智慧。真如性海。穎悟圓覺十二字。排到你。正當悟字。與你起箇法名。叫做孫悟空好麽。猴王笑道。好好好。自今就叫做孫悟空也。正是

鴻濛初闢原無姓　打破頑空須悟空

畢竟不知向後修些甚麼道果且聽下回分解

總批

讀西遊記者不知作者宗旨定作戲論余爲一一拈出庶幾不埋沒了作者之意即如第一回有無限妙處若得其意勝如罄翻一大藏了也篇中云釋厄傳見此書讀之可釋厄也若讀了西遊厄仍不釋却不辜負了西遊記麼何以言釋厄只是能解脫便是又曰高登王位將石字兒隱了蓋猴言心之動也石言心之剛也心不剛斬世緣不斷不可以入道入道之初用得剛字着故顯個石字心終剛入道味不深不

可以得道。得道之後，用剛字不着，故隱了石字。大有微意，何可埋沒。又不入飛鳥之叢，不從走獸之類，見得人不爲聖賢，即爲禽獸。今既登王入聖，便不爲禽獸了，所以不入飛鳥之叢，不從走獸之類也。人何可不爲聖賢，而甘爲禽獸乎。又曰子者兒男也，系者嬰細也，正合嬰兒了本論，即是莊子爲嬰兒，孟子不失赤子之心之意。若如佛與仙與神聖三者，難逃輪迴。又曰世人都是爲名爲利之徒，更無一個爲身命者，已是明白說了也，余不必多爲註腳，讀者須自知之。

第二回

悟徹菩提眞妙理。斷魔歸本合元神

話表美猴王得了姓名。怡然踴躍。對菩提前作禮啟謝。那祖師即命大衆引孫悟空出二門外。教他洒掃應對進退周旋之節。衆仙奉行而出。悟空到門外。又拜了大衆師兄。就于廊廡之間安排寢處。次早與衆師兄學言語禮貌。講經論道。習字焚香。每日如此。閑時即掃地鋤園。養花修樹。尋柴燃火。挑水運漿。凡所用之物。無一不備。在洞中不覺倏六七年。一日祖師登壇高坐。喚集諸仙。開講大道。眞箇是天花亂墜地湧金蓮妙演三乘教精微萬法全慢搖麈尾噴珠玉响振雷霆動九天說一會道講一會禪三家配合本如然開明一字皈誠理指引無生了性玄孫悟空在傍聞講喜得他抓耳撓腮眉花眼笑忍不住手之舞之足之蹈之忽被祖師看見叫孫悟空道你在班中怎麽顛狂躍舞不聽我講悟空道弟子誠心聽講聽到老師父妙音處喜不自勝故不覺作此踴躍之狀望師父恕罪祖師道你既識妙音我且問你你到洞中多少時了悟空道弟子本來懵懂不知多少時節只記得竈下無火常去山後打柴見一山好桃樹我在那裡吃了七次飽桃矣

祖師道那山喚名爛桃山你既吃七次想是七年了你今要從我學些甚麼道悟空道但憑尊師教誨只是有些道氣兒弟子便就學了祖師道道字門中有三百六十傍門傍門皆有正果不知你學那一門哩悟空道憑尊師意思弟子傾心聽從祖師道我教你箇術字門中之道如何悟空道術門之道怎麼說祖師道術字門中乃是些請仙扶鸞問卜揲著能知趨吉避凶之理悟空道似這般可得長生麼祖師道不能不能悟空道不學不學祖師又道教你流字門中之道如何悟空又問流字門中是甚義理祖師道流字門中乃是儒家釋家道家陰陽家墨家醫家或看

經或念佛並朝真降聖之類悟空道似這般可得長生麼
祖師道若要長生也似壁裏安柱悟空道師父我是個老
實人不曉得打市語怎麼謂之壁裏安柱祖師道人家蓋
房欲圖堅固將墻壁之間立一頂柱有日大廈將頹他必
朽矣悟空道據此說也不長久不學不學祖師道教你靜
字門中之道如何悟空道靜字門中是甚正果祖師道此
是休糧守谷清靜無為參禪打坐戒語持齋或睡功或立
功並入定坐關之類悟空道這般也能長生麼祖師道也
似窰頭土坯悟空笑道師父果有些滴澾一行說我不會
打市語怎麼謂之窰頭土坯祖師道就如那窰頭上造成

磚瓦之坯雖已成形尚一八水火煅煉道家只在水火一朝大雨滂沱他必濫矣悟空道也不長遠不學不學祖師道教你動字門中之道如何悟空道動門之道却又怎麼祖師道此是有爲有作採陰補陽攀弓踏弩摩臍過氣用方炮製燒茅打鼎進紅鉛煉秋石並服婦乳之類悟空道似這等也得長生麼祖師道此欲長生亦如水中撈月悟空道師父又來了怎麼叫做水中撈月祖師道月在長空水中有影雖然看見只是無撈摸處到底祇成空耳悟空道也不學不學祖師聞言咄的一聲跳下高臺手持戒尺指定悟空道你這猢猻這般不學那般不學却待怎麼走

上前將悟空頭上打了三下（又打市語）倒背着手走入裡面將中門關了撇下大衆而去諕得那一班聽講的人人驚懼皆怨悟空道你這潑猴十分無狀師父傳你道法如何不學却與師父頂嘴這番衝撞了他不知幾時纔出來呵此時俱甚報怨他又鄙賤嫌惡他悟空一些兒也不惱只是滿臉（老伎倆明）陪笑原來那猴王他打破盤中之謎暗暗在心所以不與衆人爭競只是忍耐無言（師父到底打市語）祖師打他三下者教他三更時分存心倒背着手走入裡面將中門關上者教他從後門進步秘處傳他道也當日悟空與衆等喜喜懽懽在三星仙洞之前聠望天色急不能到晚及黃昏時却與衆就寢

假合眼定息存神。山中又沒打更傳箭。不知時分。只自家將鼻孔中出入之氣調定。約到子時前後。輕輕的起身穿了衣服。偷開前門。躲離大衆。走出外。擡頭觀看。正是那

月明清露冷。八極迥無塵。深樹幽禽宿。源頭水溜分。飛螢光散影。過鴈字排雲。正直三更候。應該訪道真

你看他從舊路徑至後門外。只見那門兒半開半掩。悟空喜道。老師父果然注意與我傳道。故此開着門也。即曳步近前。側身進得門裡。直走到祖師寢榻之下。見祖師踡跼身軀。朝裡睡着了。悟空不敢驚動。即跪在榻前。那祖師不多時覺來。舒開兩足。口中自吟道。

難難難。道最玄。莫把金丹作等閑。不遇至人傳妙訣。空言口困舌頭乾。

悟空應聲叫道。師父弟子在此跪候多時。祖師聞得聲音是悟空。即起披衣盤坐。喝道。這猢猻你不在前邊去睡。却來我這後邊作甚。悟空道。師父昨日壇前對衆相允教弟子三更時候從後門裡傳我道理。故此大膽徑拜老爺榻下。祖師聽說。十分懽喜。暗自尋思道。這廝果然是個天地生成的。不然。何就打破我盤中之暗謎也。悟空道。此間更無六耳。止只弟子一人。望師父大捨慈悲。傳與我長生之道罷。永不忘恩。祖師道。你今有緣。我亦喜說。既識得盤中

暗謎你近前來仔細聽之當傳與你長生之妙道也悟空叩頭謝了洗耳用心跪于榻下祖師云

顯密圓通真妙訣惜修性命無他說都來總是精炁神謹固牢藏休漏泄休漏泄體中藏汝受吾傳道自昌口訣記來多有益屏除邪欲得清涼得清涼光皎潔好向丹臺賞明月月藏玉兎日藏烏自有龜蛇相盤結相盤結性命堅却能火裡種金蓮攢簇五行顛倒用功完隨作佛和仙

此時說破根源悟空心靈福至切切記了口訣對祖師拜謝深恩即出後門觀看但見東方天色微舒白西路金光

大顯明依舊路轉到前門輕輕的推開進去坐在原寢之處故將床鋪搖响道天光了天光了起耶那大衆還正睡哩不知悟空已得了好事當日起來打混暗暗維持子前午後自已調息却早過了三年祖師復登寶座與衆說法談的是公案比語論的是外像包皮忽問悟空何在悟空近前跪下弟子有祖師道你這一向修些甚麼道來悟空道弟子近來法性頗通根源日漸堅固矣祖師道你既通法性會得根源已注神體却只是防備着三災利害悟空聽說沉吟良久道師父之言謬矣我常聞道高德隆與天同壽水火既濟百病不生却怎麼有箇三災利害祖師道

此乃非常之道奪天地之造化侵日月之玄機丹成之後鬼神難容雖駐顏益壽但到了五百年後天降雷災打你須要見性明心預先躲避躲得過壽與天齊躲不過就此絕命再五百年後天降火災燒你這火不是天火亦不是（說得險嚇白人還不知何也）凡火喚做陰火自本身湧泉穴下燒起直透泥垣宮五臟成灰四肢皆朽把千年苦行俱為虛幻再五百年又降風災吹你這風不是東西南北風不是和薰金朔風亦不是花柳松竹風喚做贔風自顖門中吹入六府過丹田穿九竅骨肉消疏其身自解所以都要躲過悟空聞說毛骨悚然叩頭禮拜道萬望老爺垂憫傳與躲避三災之法到底

不敢忘恩。祖師道此亦無難。只是你比他人不同。故傳不得。悟空道我也頭圓頂天足方履地。一般有九竅四肢五臟六腑。何以比人不同。祖師道你雖然像人。却比人少腮。原來那猴子孤拐面。凹臉尖嘴。悟空伸手一摸。笑道師父沒成算。我雖少腮。却比人多這個素袋。亦可准折過也。祖師說也罷。你要學那一般。有一般天罡數。該三十六般變化。有一般地煞數。該七十二般變化。悟空道弟子願多裡撈摸。學一個地煞變化罷。祖師道既如此上前來。傳與你口訣。遂附耳低言。不知說了些甚麼妙法。這猴王也是他一竅通時百竅通。當時習了口訣。自修自煉。將七十二般

變化都學成了忽一日祖師與衆門人在三星洞前戲玩
晚景祖師道悟空事成了未曾悟空道多蒙師父海恩弟
子功果完備已能霞舉飛昇也祖師道你試飛舉我看悟
空弄本事將身一聳打了箇連扯跟頭跳離地有五六丈
踏雲霞去勾有頓飯之時返復不上三里遠近落在面前
扠手道師父這就是飛舉騰雲了祖師笑道這箇筭不得
騰雲只筭得爬雲而已自古道神仙朝遊北海暮蒼梧似
你這半日去不上三里即爬雲也還筭不得哩悟空道怎
麽爲朝遊北海暮蒼梧祖師道凡騰雲之輩早辰起自北
海遊過東海西海南海復轉蒼梧蒼梧者却是北海零陵

之語話也將四海之外一日都遊遍方筭得騰雲悟空道這箇却難却難祖師道世上無難事（着眼）只怕有心人悟空聞得此言叩頭禮拜啓道師父為人須為徹索性捨箇大慈悲將此騰雲之法一發傳與我罷决不敢忘恩祖師道凡諸仙騰雲皆跌足而起你却不是這般我纔見你去連扯方纔跳上我今只就你這箇勢傳你箇觔斗雲罷悟空又禮拜懇求祖師却又傳箇口訣道這朶雲捻着訣念動真言攢緊了拳將身一抖跳將起來一觔斗就有十萬八千（衆人見）里路哩（謙定是如此）大衆聽說一箇箇嘻嘻笑道悟空造化若會這箇法兒與人家當鋪兵送文書遞報單不管那裏都尋了飯

吃師徒們天昏各歸洞府這一夜悟空即運神煉法會了觔斗雲逐日家無束無拘自在逍遥此一長生之美一日春歸夏至大衆都在松樹下會講多時大衆道悟空你是那世修來的緣法前日老師父附耳低言傳與你的躲三災變化之法可都會麼悟空笑道不瞞諸兄長說一則是師父傳授二來也是我晝夜慇懃那幾般兒都會了大衆道趁此良時你試演演讓我等看看悟空聞説抖擻精神賣弄手段道衆師兄請出個題目要我變化甚麼大衆道就變一顆松樹悟空捻着訣念動真言搖身一變就變做一顆松樹真個是

（斯道松樹不是猴）鬱鬱含烟貫四時凌雲直上秀貞姿全無一點妖猴像盡見經霜耐雪枝

大衆見了鼓掌呵呵大笑都道好猴兒好猴兒不覺的嚷鬧驚動了祖師祖師急拽杖出門來問道是何人在此喧譁大衆聞呼慌忙檢束整衣向前悟空也現了本相雜在叢中道啓上尊師我等在此會講更無外姓喧譁祖師怒喝道你等大呼小叫全不像個修行的體段修行的人口（皆眼）開神氣散舌動是非生如何在此嚷笑大衆道不敢瞞師父適纔孫悟空演變化耍子教他變顆松樹果然是顆松樹弟子每俱稱揚喝采故高聲驚動尊師望乞恕罪祖師

道你等起去叫悟空過來我問你弄甚麽精神變甚麽松
樹這個工夫可在人前賣弄假如你見別人有必要求他
別人見你有必然求你你若畏禍却要傳他若不傳他必
然加害你之性命又不可保悟空叩頭道望師父恕罪祖
師道我也不罪你但只是你去罷悟空聞此言滿眼墮淚
道師父教我往那里去祖師道你從那里來便從那裡去
就是了悟空頓然醒悟道我自東勝神洲傲來國花果山
水簾洞來的祖師道你快回去全你性命若在此間斷然
不可悟空領罪上告尊師我也離家有二十年矣雖是回
顧舊日兒孫但念師父厚恩未報不敢去祖師道那里甚

麼恩義你只是不惹禍不牽帶我就罷了（可以爲師矣）悟空見沒奈何只得拜辭與衆相別祖師道你這去定生不良憑你怎麼惹禍行兇却不許說是我的徒弟你說出半箇字來我就知之把你這猢猻剝皮剉骨將神魂貶在九幽之處教你萬劫不得翻身悟空道決不敢題起師父一字只說是我（如今）自家會的便罷（弟子都是如此）悟空謝了即抽身捻着訣丟箇連扯縱起觔斗雲徑回東海那里消一箇時辰早看見花果山水簾洞美猴王自知快樂暗暗的自稱道

去時凡骨凡胎重得道身輕體亦輕舉世無人肯立志
（着眼）立志修玄玄自明當時過海波難進今日回來甚易行

別語叮嚀還在耳何期頃刻見東濵。

悟空接下雲頭直至花果山找路而走忽聽得鶴唳猿啼。鶴唳聲冲霄漢外猿啼悲切甚傷情即開口叫道孩兒們我來了也那崖下石坎邊花草中樹木裡若大若小之猴跳出千千萬萬把箇美猴王圍在當中叩頭叫道大王你好寬心怎麼一去許久把我們俱閃在這裡望你誠如饑渴近來被一妖魔在此欺虐強要占我們水簾洞府是我等捨死忘生與他爭鬪這些時被那廝搶了我們家火捉了許多子侄教我們晝夜無眠看守家業幸得大王來了大王若再幾載不來我等連山洞盡屬他人矣悟空聞說心中大怒道是甚麽妖魔輙敢無狀你且細細說來待我尋他報仇衆猴叩頭告上大王那廝是稱混世魔王住居在直北上悟空道此間到他那里有多少路程衆猴道他來時雲去時霧或風或雨或電或雷我等不知有多少路悟空道既如此你們休怕且自頑耍等我尋他去來好猴王將身一縱跳起去一路觔斗直至北下觀看見一座高山真是十分險峻好山

筆峰挺立曲澗深沉筆峰挺立透空霄曲澗深沉通地户兩崖花木爭奇幾處松篁鬬翠左邊龍熟熟馴馴右邊虎平平伏伏每見鐵牛耕常有金錢種幽禽睍睆聲

丹鳳朝陽立石磷磷波淨淨古怪蹺蹊真惡獰世上名山無數多花開花謝繁還衆爭如此景永長存八節四時渾不動誠爲三界坎源山滋養五行水臟洞

美猴王正然觀看景致只聽得有人言語徑自下山尋覔原來那陡崖之前乃是那水臟洞洞門外有幾個小妖跳舞見了悟空就走悟空道休走借你口中言傳我心内事我乃正南方花果山水簾洞洞主你家甚麼混世鳥魔屢次欺我兒孫我特尋來要與他見個上下那小妖聽說疾忙跑入洞裡報道大王禍事了魔王道有甚禍事小妖道洞外有猴頭稱爲花果山水簾洞洞主他說你屢次欺他

兒孫特來尋你見個上下哩魔王笑道我常聞得那些猴精說他有個大王出家修行去想是今番來了你們見他怎生打扮有甚兵器小妖道他也沒甚麼器械光着個頭穿一領紅色衣勒一條黃絛足下踏一對烏靴不僧不俗又不相道士神仙赤手空拳在門外叫哩魔王聞說取出披掛兵器來那小妖即時取出那魔王穿了甲冑提刀在手與眾妖出得門來即高聲叫道那個是水簾洞洞主悟空急睜睛觀看只見那魔王

頭戴烏金盔映日光明身掛皁羅袍迎風飄蕩下穿着黑鐵甲緊勒皮條足踏着花褶靴雄如上將腰廣十圍

身高三丈手執一口刀鋒刃多明亮稱爲混世魔王磊落兇模樣

猴王喝道這潑魔這般眼大看不見老孫魔王見了笑道你身不滿四尺年不過三旬手內又無兵器怎麼大膽猖狂要尋我見甚麼上下悟空罵道你這潑魔原來沒眼你量我小要大却也不難你量我無兵器我兩隻手勾着天邊月哩你不要怕只吃老孫一拳縱一縱跳上去劈臉就打那魔王伸手架住道你這般矬矮我這般高長你要使拳我要使刀使刀就殺了你也吃人笑待我放下刀與你使路拳看悟空道說得是好漢子走來那魔王丟開架子

便打這悟空鑽進去相撞相迎他兩個拳搥脚踢一冲一撞原來長拳空大短簇堅牢那魔王被悟空掏短脇撞了襠幾下觔節把他打重了他閃過拿起那板大的鋼刀望悟空劈頭就砍悟空急撤身他砍了一個空悟空見他兇猛即使身外身法拔一把毫毛丟在口中嚼碎望空噴去叫一聲變即變做三二百個小猴週圍攢簇原來人得仙體出神變化無方不知這猴王自從了道之後身上有八萬四千毛羽根根能變應物隨心那些小妖眼乖會跳刀來砍不着鎗去不能傷你看他前踴後躍鑽上去把個魔王圍繞抱的抱扯的扯鑽襠的鑽襠扳脚的扳脚踢打撏

毛摳眼睛捻鼻子擡屁股直打做一個攢盤這悟空纔去奪得他的刀來分開小族照頂門一下砍為兩段（不滅此魔終不成道）領衆殺進洞中將那大小妖精盡皆勦滅却把毫毛一抖收上身來又見那收不上身者却是那魔王在水簾洞擒去的小猴悟空道汝等何為到此約有三五十個都含淚道我等因大王修仙去後這兩年被他爭炒把我們都擄將來那不是我們洞中的家火石盆石碗都被這廝拿來也悟空道既是我們的家火你們都搬出外去隨即洞裡放起火來把那水臟洞燒得枯乾盡歸了一體對衆道汝等跟我回去衆猴道大王我們來時只聽得耳邊風响虛飄飄到

于此地更不識路徑今怎得回鄉悟空道這是他弄的個術法兒有何難也我如今一竅通百竅通我也會弄你們都合了眼休怕好猴王念聲咒語駕陣狂風雲頭落下叫孩兒們睜眼（着眼）衆猴脚躧實地認得是家鄉個個懽喜都奔洞門舊路那在洞衆猴都一齊簇擁同入分班序齒禮拜猴王安排酒果接風賀喜啓問降魔救子之事悟空備細言了一遍衆猴稱揚不盡道大王去到那方不意學得這般手段悟空又道我當年別汝等隨波逐流飄過東洋大海到西牛賀洲地界徑至南贍部洲學成人像着此衣穿此履擺擺搖搖雲遊了八九年餘（原來南贍部洲無道）更不曾有道又渡西洋

大海到西牛賀洲地界訪問多時幸遇一老祖傳了我與天同壽的眞功果不死長生的大法門衆猴稱賀都道萬劫難逢也悟空又笑道小的們又喜我這一門皆有姓氏衆猴道大王姓甚悟空道我今姓孫法名悟空衆猴聞說鼓掌忻然道大王是老孫我們都是二孫三孫細孫小孫一家孫一國孫一窩孫矣都來奉承老孫大盆小碗的椰子酒葡萄酒仙花仙果眞個是合家懽樂喫

貫通一姓身歸本　只待榮遷仙籙名

畢竟不知怎生結果居此界終始如何且聽下回分解。

總批

樣樣不學只學長生猴且如此而況人乎世人豈惟不學長生且學短生矣何也酒色財氣俱短生之術也世人有能離此四者誰乎

西遊記極多寓言讀者切勿草草放過如此回中水火既濟百病不生世上無難事只怕有心人口開神氣散舌動是非生你從那里來便從那里去俱是性命微言也○篇中譏刺南贍部洲人極毒懶策南贍部洲人亦極慈曰着此衣穿此履擺擺擑擑更不曾有道見得南贍部洲人只會着衣穿履擑擺而已並未嘗有一個爲道者也

混世魔王處亦有意蓋道高一尺魔高一丈理勢然也若成道之後不滅得魔道非其道也所以于小猴歸處露二語曰脚踏實地認得是家鄉此滅魔成道之真光景也讀者察之

老師父數句市語遂爲今日方士騙人秘訣

第三回　四海千山皆拱伏　九幽十類盡除名

却說美猴王。榮歸故里。自剿了混世魔王。奪了一口大刀。逐日操演武藝。教小猴砍竹為標。削木為刀。治旗旛。打哨子。一進一退。安營下寨。頑耍多時。忽然靜坐處思想道。我等在此。恐作耍成真。或驚動人王。或有禽王獸王認此犯頭。說我們操兵造反。興師來相殺。汝等都是竹竿木刀。如何對敵。須得鋒利劍戟方可。如今柰何。衆猴聞說。個個驚恐道。大王所見甚長。只是無處可取。正說間。轉上四個老猴。兩個是赤尻馬猴。兩個是通背猿猴。走在面前道。大王若要治鋒利器械甚是容易悟空道怎見容易四猴道我們這山向東去有二百里水面那廂有傲來國界那國界中有一王位滿城中軍民無數必有金銀銅鐵等匠作大王若去那里或買或造些兵器教演我等守護山塲誠所謂保泰長久之機也悟空聞說滿心懽喜道汝等在此頑耍待我去來好猴王急縱觔斗雲霎時間過了二百里水面果然那廂有座城池六街三市萬戶千門來來往往人都在光天化日之下悟空心中想道這里定有現成的兵器待我下去買他幾件還不如使個神通覓他幾件倒好他就捻起訣來念動咒語向巽地上吸一口氣噓的吹[illegible]

去。便是一陣風。飛沙走石。好驚人也。

砲雲起處蕩乾坤。黑霧陰霾大地昏。江海波翻魚蟹怕。山林樹折虎狼奔。諸般買賣無商旅。各樣生涯不見人。殿上君王歸內院。階前文武轉衙門。千秋寶座都吹倒。五鳳高樓幌動根。

風起處。驚散了那傲來國君王。三街六市。都慌得關門閉戶。無人敢走。悟空纔按下雲頭。徑闖入朝門裡。直尋到兵器館。武庫中。打開門扇看時。那裡面無數器械。刀鎗劍戟。斧鉞毛鎌。鞭鈀撾簡。弓弩叉矛。件件俱備。一見甚喜道。我一人能拿幾何。還使個分身法搬將去罷。好猴王。即拔一把毫毛入口嚼爛噴將出去念動咒語叫聲變變做千百個小猴都亂搬亂搶有力的拿五十件力小的拿二三件盡數搬個罄淨徑踏雲頭弄個攝法喚轉狂風帶領小猴俱回本處却說那花果山大小猴兒正在那洞門外頑耍忽聽得風聲響處見半空中叉叉丫丫無邊無岸的猴精諕得都亂跑亂躲少時美猴王按落雲頭收了雲霧將身一抖收了毫毛將兵器都亂堆在山前叫道小的們都來領兵器衆猴看時只見悟空獨立在平陽之地俱跑[illegible]頭問故悟空將前使狂風搬兵器一應事說了一遍[illegible]稱謝畢都去搶刀奪劍撾斧爭鎗扯弓扳弩吆吆喝[illegible]

了一日。次日依舊排營。悟空會集羣猴。計有四萬七千餘口。早驚動滿山怪獸。都是些狼虫虎豹麖麂獐𧲭狐狸獾狢。獅象狻猊猩猩熊鹿野豕山牛羚羊青兕狡兎神獒。各樣妖王。共有七十二洞。都來參拜猴王爲尊。每年獻貢。四時點卯。也有隨班操演的。也有隨節徵糧的。齊齊整整。把一座花果山。造得似鐵桶金城。各路妖王。又有進金鼓。進彩旗。進盔甲的。紛紛攘攘。日逐家習舞興師。美猴王正喜間。忽對衆說道。汝等弓弩熟諳。兵器精通。奈我這口刀。着實榔槺。不遂我意。奈何。四老猴上前啟奏道。大王乃是仙聖。凡兵是不堪用。但不知大王水裏可能去得。悟空道。我白聞道之後有七十二般地煞變化之功觔斗雲有莫大的神通善能隱身遯身起法攝法上天有路入地有門步日月無影入金石無礙水不能溺火不能焚那些兒去不得四猴道大王既有此神通我們這鐵板橋下水通東海龍宮大王若肯下去尋着老龍王問他要件甚麽兵器却不趁心悟空聞言甚喜道等我去來好猴王跳至橋頭使一個閉水法捻着訣撲的鑽入波中分開水路徑入東洋海底正行間忽見一個巡海的夜叉擋住問道那推水來的是何神聖說個明白好通報迎接悟空道吾乃花果山天生聖人孫悟空是你老龍王的緊隣爲何不識那夜叉

聽說急轉水晶宮傳報道大王外面有個花果山天生聖人孫悟空口稱是大王緊隣將到宮也東海龍王敖廣即忙起身與龍子龍孫鰕兵蟹將出宮迎道上仙請進請進直至宮裡相見上坐獻茶畢問道上仙幾時得道授何仙術悟空道我自生身之後出家修行得一個無生無滅之體近因教演兒孫守護山洞奈何沒件兵器久聞賢隣享樂瑤宮貝闕必有多餘神器特來告求一件龍王見說不好推辭即着鱖都司取出一把大桿刀奉上悟空道老孫不會使刀乞另賜一件龍王又着鮊太尉領鱔力士擡出一桿九股叉來悟空跳下來接在手中使了一路放下道

輕輕輕又不趂手再乞另賜一件龍王笑道上仙你不曾看這叉有三千六百斤重哩悟空道不趂手不趂手龍王心中恐懼又着鯿提督鯉總兵擡出畫桿方天戟那戟有七千二百斤重悟空見了跑近前接在手中丟幾箇架子撒兩箇解數插在中間道也還輕輕輕老龍王一發害怕道上仙我宮中只有這根戟重再沒甚麼兵器了悟空笑道古人云愁海龍王沒寶哩你再去尋尋看若有可意的一一奉價龍王道委的再無正說處後面閃過龍婆龍女道大王觀看此聖決非小可我們這海藏中那一塊天河定底的神珍鐵這幾日霞光艷艷瑞氣騰騰敢莫是該出

現遇此聖也龍王道那是大禹治水之時定江海淺深的一箇定子是一塊神鐵能中何用龍婆道莫管他用不用且送與他憑他怎麼改造送出宮門便了老龍王依言盡向悟空說了悟空道拿出來我看龍王搖手道扛不動擡不動須上仙親去看看悟空道在何處你引我去龍王果引導至海藏中間忽見金光萬道龍王指定道那放光的便是悟空撩衣上前摸了一把乃是一根鐵柱子約有斗來粗二丈有餘長他儘力兩手撾過道忒粗忒長些再短細些方可用說畢（也奇）那寶貝就短了幾尺細了一圍悟空又顛一顛道再細些更好那寶貝真箇又細了幾分悟空十

分懽喜。拿出海藏看時。原來兩頭是兩箇金箍。中間乃一叚烏鐵緊挨箍有鐫成的一行字。喚做如意金箍棒重一萬三千五百斤。心中暗喜道。想必這寳貝如人意。一邊走一邊心思口念手顛着道。再短細些更妙。拿出外面只有二丈長短碗口粗細。你看他弄神通丟開解數打轉水晶宮裡。諕得老龍王膽戰心驚。小龍王魂飛魄散。龜鱉黿鼉皆縮頸。魚蝦鰲蟹盡藏頭。悟空將寳貝執在手中坐在水晶宮殿上。對龍王笑道。多謝賢隣厚意。龍王道。不敢不敢。悟空道。這塊鐵雖然好用。還有一說。龍王道。上仙還有甚說。悟空道。當時甚無此鐵倒也罷了。如今手中既拿着他。

身上更無衣服相稱沒柰何你這里若有披掛索性送我一件一總奉謝龍王道這個却是沒有悟空道一客不犯二主若沒有我也定不出此門龍王道煩上仙再轉一海或（此法如今又流傳矣）者有之悟空又道走三家不如坐一家千萬告求一件龍王道委的沒有如有即當奉承悟空道真箇沒有就和你試試此鐵龍王慌了道上仙切莫動手切莫動手待我看舍弟處可有當送一副悟空道令弟何在龍王道舍弟乃南海龍王敖欽北海龍王敖順西海龍王敖閏是也悟空（有見識）道我老孫不去不去俗語謂賒三不跌見二只望你隨高就低的送一副便了老龍道不須上仙去我這里有一面

鐵鼓一口金鐘凡有緊急事擂得鼓响撞得鐘鳴舍弟們就頃刻而至悟空道既如此快些去擂鼓撞鐘真箇那鼉將便去撞鐘鼉帥即來擂鼓霎時鐘鼓响處果然驚動那三海龍王須臾來到一齊在外面會着敖廣道大哥有甚緊事擂鼓撞鐘老龍道賢弟不好説有一個花果山甚麼天生聖人早間來認我做隣居後要求一件兵器獻鋼叉嫌小奉畫戟嫌輕將一塊天河定底神珍鐵自已拿出丟了些解數如今坐在宮中又要索甚麼披掛我處無有故响鐘鳴鼓請賢弟來你們可有甚麼披掛送他一副打發他出門去罷了敖欽聞言大怒道我兄弟們點起兵拿他

不是老龍道莫說拿莫說拿那塊鐵挽着些兒就死磕着些兒就亡挨挨兒皮破擦擦兒筋傷西海龍王敖閏說二哥不可與他動手且只湊副披掛與他打發他出了門啟表奏上上天天自誅也北海龍王敖順道說的是我這裡有一雙藕絲步雲履哩西海龍王敖順道我帶了一副鎖子黃金甲南海龍王敖欽道我有一頂鳳翅紫金冠哩老龍大喜引入水晶宮相見了以此奉上悟空將金冠金甲雲履都穿戴停當使動如意棒一路打出去對衆龍道聒噪聒噪四海龍王甚是不平一邊商議進表上奏不題你看這猴王分開水道徑回鐵板橋頭攛將上去只見四個

老猴領着衆猴。都在橋邊等候。忽然見悟空跳出波外。身上更無一點水濕。金燦燦的走上橋來。諕得衆猴一齊跪下道。大王好華綵耶。好華綵耶。悟空滿面春風。高登寶座。將鐵棒豎在當中。那些猴不知好歹。都來拿那寶貝。却便似蜻蜓撼鐵柱。分毫也不能禁動。一個個咬指伸舌道。爺爺呀。這般重。虧你怎的拿來也。悟空近前舒開手一把撾起。對衆笑道。物各有主。這寶貝鎮于海藏中。也不知幾千百年。可可的今歲放光。龍王只認做是塊黑鐵。又喚做天河鎮底神珍。那廝每都扛擡不動。請我親去拿之。那時此寶有二丈多長。斗來粗細。被我撾他一把。意思嫌大。他就小了許多再教小些他真又小了許多再教小些他又小了許多急對天光看處上有一行字乃如意金箍棒一萬三千五百斤你都站開等我再叫他變一變着他將那寶貝

此○棒○也○有○些○猴○氣

顛在手中叫小小小即時就小做一箇綉花針兒相似可以揣在耳躲裡面藏下衆猴駭然叫道大王還拿出來耍耍猴王真個去耳朶裡拿出托放掌上叫大大大即又大做斗來粗細二丈長短他弄到懽喜處跳上橋走出洞外將寶貝揝在手中使一個法天像地的神通把腰一躬叫聲長他就長的高萬丈頭如泰山腰如峻嶺眼如閃電口

只是口太小了

似血盆牙如劍戟手中那棒上抵三十三天下至十八層

地獄把些虎豹狼虫滿山羣怪七十二洞妖王都諕得磕頭禮拜戰兢兢魄散魂飛霎時收了法像將寶貝還變做箇綉花針兒藏在耳內復歸洞府慌得那各洞妖王都來恭賀此時竟大開旗鼓响振銅羅廣設珍羞百味滿斟椰液萄漿與衆飲宴多時却又依前教演猴王將那四個老猴封為健將將兩個赤尻馬猴喚做馬流二元帥兩個通背猿猴喚做崩芭二將軍將那安營下寨賞罰諸事都付與四健將維持他放下心日逐騰雲駕霧遨遊四海行樂千山施武藝徧訪英豪美神通廣交賢友此時又會了個七弟兄乃牛魔王蛟魔王鵬魔王獅狔王獼猴王偶狨王

遒自家美猴王七個日逐講文論武走斝傳觴絃歌吹舞。朝去暮回。無般兒不樂。把那萬里之遥。只當庭闈之路。所謂點頭徑過三千里。扭腰八百有餘程。一日在本洞分付四健將安排筵宴。請六王赴飲。殺牛宰馬。祭天享地。着衆妖跳舞懽歌。俱吃得酩酊大醉。送六王出去。都又賞勞大小頭目。欹在鐵板橋邊。松陰之下。霎時間睡着。四健將領衆圍護。不敢高聲。只見那美猴王睡裡。見兩人拏一張批文。上有孫悟空三字。走近身不容分說。套上繩。就把美猴王的魂靈兒。索了去。踉踉蹌蹌。直帶到一座城邊。猴王漸覺酒醒。忽擡頭觀看。那城上有一鐵牌。牌上有三個大字。

乃幽冥界。美猴王頓然醒悟道。幽冥界。乃閻王所居。何爲到此。那兩人道。你今陽壽該終。我兩人領批勾你來也。猴王聽說道。我老孫超出三界之外。不在五行之中。已不伏他管轄。怎麼朦朧。又敢來勾我。那兩個勾死人只管扯扯拉拉。定要拖他進去。那猴王惱起性來。耳朶中掣出寶貝幌一幌。碗來粗細。畧舉手。把兩個勾死人打爲肉醬。自解其索。丟開手。輪着棒。打入城中。諕得那牛頭鬼東躱西藏。馬面鬼南奔北跑。衆鬼卒奔上森羅殿。報着大王。禍事。禍事。外面一個毛臉雷公打將來了。慌得那十代冥王急整衣來看。見他相貌兇惡。即排下班次。應聲高叫道。上仙留名上仙留名猴王道你既認不得我怎麽差人來勾我十王道不敢不敢想是差人差了（閻王也怕惡人）猴王道我本是花果山水簾洞天生聖人孫悟空你等是甚麽官位十王躬身道我等是陰間天子十代冥王悟空道快報名來免打十王道我等是秦廣王楚江王宋帝王忤官王閻羅王平等王泰山王都市王卞城王轉輪王悟空道汝等既登王位乃靈顯感應之類為何不知好歹我老孫修仙了道與天齊壽超昇三界之外跳出五行之中為何着人拘我十王道上仙息怒普天下同名同姓者多敢是那勾死人錯走了也悟空道胡說胡說常言道官差吏差來人不差你快取生

敎簿子來看十王聞言即請上殿查看悟空執着如意棒徑登森羅殿上正中間南面坐下十王即命掌案的判官取出文簿來查那判官不敢怠慢便到司房裡捧出五六簿文書並十類簿子逐一查看蠃虫毛虫羽虫昆虫鱗介之屬俱無他名又看到猴屬之類原來這猴似人相不入人名似蠃虫不居國界似走獸不伏麒麟管似飛禽不受鳳凰轄另有個簿子悟空親自檢閱直到那魂字一千三百五十號上方注著孫悟空名字乃天產石猴該壽三百四十二歲善終（婆剎的是妙人）悟空道我也不記壽數幾何且只消了名字便罷取筆過來那判官慌忙捧筆飽掭濃墨悟空拿過

簿子把猴屬之類但有名者一槩勾之摔下簿子道了帳了帳今番不伏你管了一路棒打出幽冥界那十王不敢相近都去翠雲宮同拜地藏王菩薩商量啟表奏聞上天不在話下這猴王打出城中忽然絆着一箇草紇縺跌了個躘踵猛的醒來乃是南柯一夢纔覺伸腰只聞得四健將與衆猴高叫道大王吃了多少酒睡這一夜還不醒來悟空道睡還小可我夢見兩個人來此勾我把我帶到幽冥界城門之外却纔醒悟是我顯神通直嚷到森羅殿與那十王爭炒將我們的生死簿子看了但有我等名號俱是我勾了都不伏那廝所轄也衆猴磕頭禮謝自此山猴

多有不老者。以陰司無名故也。美猴王言畢前事。四健將報知各洞妖王。都來賀喜。不幾日六個義兄弟。又來拜賀一聞銷名之故。又個個懽喜。每日聚樂不題。却表啟那高天上聖。大慈仁者。玉皇大天尊。玄穹高上帝。一日駕坐金闕雲宮靈霄寶殿。聚集文武仙卿早朝之際。忽有丘弘濟真人啟奏道。萬歲通明殿外。有東海龍王敖廣進表。聽天尊宣詔。玉皇傳旨。着宣來。敖廣宣至靈霄殿下。禮拜畢傍有引奏仙童。接上表文。玉皇從頭看過表曰。

水元下界東勝神洲。東海小龍臣敖廣啟奏

大天聖王。玄穹高上帝君。近因花果山生。水簾洞住。妖仙

孫悟空者。欺虐小龍。強坐水宅。索兵器。施法施威。要披

掛。騁兒騁勢。驚傷水族。諕走龜鼉。南海龍戰戰兢兢。西

海龍悽悽慘慘。北海龍縮首歸降。臣敖廣舒身下拜。獻

神珍之鐵棒。鳳翅之金冠。與那鎖子甲。步雲履。以禮送

出。他仍弄武藝。顯神通。但云。聒噪聒噪。果然無敵。甚爲

難制。臣今啓奏。伏望

聖裁。懇乞天兵。收此妖孽。庶使海嶽清寧。下元安泰。謹奏。

聖帝覽畢。傳旨着龍神回海。朕即遣將擒拿。老龍王頓首

謝去。下面又有葛仙翁天師啟奏道。萬歲。有冥司秦廣王

賫奉幽冥教主地藏王菩薩表文進上。傍有傳言玉女接

上表文玉皇亦從頭看過表曰

幽冥境界乃地之陰司天有神而地有鬼陰陽輪轉禽有生而獸有死反復雌雄生生化化孕女成男此自然之數不能易也今有花果山水簾洞天產妖猴孫悟空逞惡行兇不服拘喚弄神通打絕九幽鬼使恃勢力驚傷十代慈王大鬧森羅強銷名號致使猴屬之類無拘獼猴之畜多壽寂滅輪迴各無生死貧僧具表冒瀆天威伏乞調遣神兵收降此妖整理陰陽永安地府謹奏

玉皇覽畢傳旨著冥君回歸地府朕即遣將擒拿秦廣王亦頓首謝去大天尊宣衆文武仙卿問曰這妖猴是幾何

産育何代出身却就這般有道一言未已班中閃出千里眼順風耳道這猴乃三百年前天産石猴當時不以爲然不知這幾年在何方修煉成仙降龍伏虎强銷死籍也玉帝道那路神將下界收伏言未已班中閃出太白長庚星俯伏啓奏道上聖三界中凡有九竅者皆可修仙（着眼）奈此猴乃天地育成之體日月孕就之身他也頂天履地服露飡霞今既修成仙道有降龍伏虎之能與人何以異哉臣啓陛下可念生化之慈恩降一道招安聖旨把他宣來上界授他一個大小官職與他籍名在籙拘束此間若受天命再後陞賞若違天命就此擒拿一則不動衆勞師二則收

仙有道也。玉帝聞言甚喜道。依卿所奏。即着文曲星官修
詔着太白金星招安。金星領了旨。出南天門外。按下祥雲
直至花果山水簾洞。對衆小猴道。我乃天差天使。有聖旨
在此。請你大王上界。快快報知。洞外小猴。一層層傳至洞
天深處道。大王。外面有一老人。背着一角文書。言是上天
差來的天使。有聖旨請你也。美猴王聽得。大喜道。我這兩
日正思量要上天走走。却就有天使來請。叫快請進來。猴
王急整衣冠。門外迎接。金星徑入當中。面南立定道。我是
西方太白金星。奉玉帝招安聖旨。下界請你上天。拜受仙
籙。悟空笑道。多感老星降臨。教小的們安排筵宴款待。金

星道聖旨在身不敢久留就請大王同往待榮遷之後再從容敘也悟空道承光顧空退空退即喚四健將分付謹慎教演兒孫待我上天去看看路却好帶你們上去同居住也四健將領諾這猴王與金星縱起雲頭昇在空霄之上正是那

高遷上品天仙位　名列雲班寶籙中

畢竟不知授個甚麽官爵且聽下回分解

總批

篇中云凡有九竅者皆可修仙今人且把自家身上檢檢看誰人沒有九竅何凡人多而仙人少也所云

一竅不通者非耶

坐在龍王家裡要兵器要披掛不肯出門極有主張

但此是妖仙秘法何今日世上此法流行盛至此耶

妖矣妖矣

把生死簿子一筆勾消此等舉動真是天生聖人不可及也彼自以爲天生聖人非妄也

常言鬼怕惡人今看十王之怕行者信然信然柰何世上反有怕鬼之人乎若怕鬼之人定非人也亦鬼耳

第四回　官封弼馬心何足　名注齊天意未寧

那太白金星與美猴王同出了洞天深處一齊駕雲而起原來悟空觔斗雲比衆不同十分快疾把箇金星撇在腦後先至南天門外正欲收雲前進被增長天王領著龐劉苟畢鄧辛張陶一路大力天丁鎗刀劍戟擋住天門不肯放進猴王道這個金星老兒乃奸詐之徒既請老孫如何教人動刀動鎗阻塞門路正嚷間金星倏到悟空就覿面發狠道你這老兒怎麼哄我被你說奉玉帝招安旨意來請却怎麼教這些人阻住天門不放老孫進去金星笑道

大王息怒你自來未曾到此天堂却又無名衆天丁又與你素不相識他怎肯放你擅入等如今見了天尊授了仙籙注了官名向後隨你出入誰復擋也悟空道這等說也罷我不進去了金星又用手扯住道你還同我進去將近天門金星高叫道那天門天將大小吏兵放開路者此乃下界仙人我奉玉帝聖旨宣他來也那增長天王與衆天丁俱纔斂兵退避猴王始信其言同金星緩步入裡觀看真箇是

初登上界乍入天堂金光萬道滚紅霓瑞氣千條噴紫霧只見那南天門碧沉沉琉璃造就明幌幌寶玉粧成

兩邊擺數十員鎮天元帥。一員員頂盔貫甲。持銑擁旄。四下列十數個金甲神人。一個個執戟懸鞭。持刀仗劍。外廂猶可。入內驚人。裡壁廂有幾根大柱。柱上纏繞着金鱗耀日赤鬚龍。又有幾座長橋。橋上盤旋着綵羽凌空丹頂鳳。明霞幌幌映天光。碧霧濛濛遮斗口。這天上有三十三座天宮。乃遣雲宮。毗沙宮。五明宮。太陽宮。化樂宮。一宮宮脊吞金穩獸。又有七十二重寶殿。乃朝會殿。凌虛殿。寶光殿。天王殿。靈官殿。一殿殿柱列玉麒麟。壽星臺上。有千千年不卸的名花。煉藥爐邊。有萬萬載常青的瑞草。又至那朝聖樓前。絳紗衣。星辰燦爛。芙蓉冠金壁輝煌玉簪珠履紫綬金章金鐘撞動三曹神表進丹墀天鼓鳴時萬聖朝王叅玉帝又至那靈霄寶殿金釘攢玉戶彩鳳舞朱門複道迴廊處處玲瓏剔透三簷四簇層層龍鳳翺翔上面有箇紫巍巍明幌幌圓丟丟亮灼灼大金葫蘆頂下面有天妃懸掌扇玉女捧仙巾惡狠狠掌朝的天將氣昂昂護駕的仙卿正中間琉璃盤內放許多重重疊疊太乙丹瑪瑙瓶中插幾枝彎彎曲曲珊瑚樹正是天宮異物般般有世上如他件件無金闕銀鑾并紫府琪花瑤草暨瓊葩朝王玉兔壇邊過叅聖金烏着底飛猴王有分來天境不墮人間點汚

泥。

太白金星領着美猴王。到于靈霄殿外。不等宣詔。直至御前。朝上禮拜。悟空挺身在傍。且不朝禮。但側耳以聽金星啓奏。金星奏道。臣領聖旨。已宣妖仙到了。玉帝垂簾問曰。那箇是妖仙。悟空却纔躬身答應道。老孫便是。仙卿們都大驚失色道。這箇野猴。怎麽不拜伏參見。輒敢這等答應道。老孫便是。却該死了。該死了。玉帝傳旨道。那孫悟空。乃下界妖仙。初得人身。不知朝禮。且姑恕罪。衆仙卿叫聲謝恩。猴王却纔朝上唱箇大喏。玉帝宣文選武選仙卿。看那處少甚官職。着孫悟空去除授。傍邊轉過武曲星君。啟奏

（猴孫不知禮體固矣如今又有一等君子御猻就在禮體內作耍）

道。天宮裡。各宮各殿各方各處。都不少官。只是御馬監。缺個正堂管事。玉帝傳旨道。就除他做個弼馬溫罷。衆臣叫謝恩。他也只朝上唱個大喏。玉帝又差木德星官。送他去御馬監到任。當時美猴王。懽懽喜喜。與木德星官。徑去到任。事畢。木德星官回宮。他在監裡。會聚了監丞監副典簿力士。大小官員人等。查明御馬監事務。止有天馬千匹。乃是

老孫該造個冏卿第矣

驊騮騏驥。騄駬纖離。龍媒紫燕。挾翼驌驦。駃騠銀騔。騕褭飛黃。騊駼翻羽。赤兔超光。踰輝彌景。騰霧勝黃。追風絕地。飛翮奔霄。逸飄赤電。銅爵浮雲。驄瓏虎喇。絕塵紫

鱗四極大宛，八駿九逸，千里絕羣。此等良馬，一箇箇嘶風逐電精神壯，踏霧登雲氣力長。

這猴王查看了文簿，點明了馬數。（老孫却不尸位素餐）本監中典簿管徵備草料，力士官管刷洗馬匹，扎草，飲水，煮料，監丞、監副輔佐催辦，弼馬晝夜不睡，滋養馬疋。日間舞弄猶可，夜間看管慇懃，但是馬睡的，赶起來吃草，走的捉將來靠槽。那些天馬見了他，泯耳攢蹄，到養得肉肥膘滿。不覺的半月有餘。一朝閑暇，衆監官都安排酒席，一則與他接風，二則與他賀喜。正在懽飲之間，猴王忽停杯問曰：我這弼馬溫是個甚麼官銜？衆曰：官名就是此了。又問：此官是個幾品？衆道：沒有品從猴王道沒品想是大之極也衆道不大不大只喚做未入流猴王道怎麼叫做未入流衆道末等這樣官兒最低最小只可與他看馬似堂尊到任之後這等殷勤喂得馬肥只落得道聲好字如稍有些尪羸還要見責再十分傷損還要罰贖問罪猴王聞此不覺心頭火起咬牙大怒道這般渺視老孫老孫在那花果山稱王稱祖怎麼哄我來替他養馬養馬者乃後生小輩下賤之役豈是待我

大官便做小官便不做此猴尚有傲性在行

的不做他不做他我將去也忽辣的一聲把公案推倒耳中取出寶貝幌一幌碗來粗細一路解數直打出御馬監徑至南天門衆天丁知他受了仙籙乃是個弼馬溫不敢

咱當讓他打出天門去了。須臾按落雲頭。回至花果山上。
只見那四健將。與各洞妖王。在那裡操演兵卒。這猴王厲
聲高叫道。小的們。老孫來了。一羣猴都來叩頭。迎接進洞
天深處。請猴王高登寶位。一壁廂辦酒接風。都道恭喜大
王上界去十數年。想必得意榮歸也。猴王道。我纔半月有
餘。那裡有十數年。衆猴道。大王你在天上不覺時辰。天上
一日就是下界一年哩。請問大王。官居何職。猴王搖手道。
玉帝也不會用人奈何
不好說不好說活活的羞殺人那玉帝不會用人他見老
孫這般模樣封我做個甚麼弼馬溫原來是與他養馬不
入流品之類我初時到任不知只在御馬監中頑耍只今

日問我同寮始知是這等卑賤老孫心中大惱推倒席面不受官銜因此走下來了衆猴道來得好來得好大王在這福地洞天之處爲王多少尊重快樂怎麽肯去與他做馬夫教小的們快辦酒來與大王釋悶正飲酒懽會間有人來報道大王門外有兩個獨角鬼王要見大王猴王道教他進來那鬼王整衣跑入洞中倒身下拜美猴問他你見我何幹鬼王道久聞大王招賢無由得見今見大王授

鬼王亦勢利

了天籙得意榮歸特獻赭黄袍一件與大王稱慶肯不棄鄙賤收納小人亦得效犬馬之勞猴王大喜將赭黄袍穿起衆等忻然排班朝拜即將鬼王封爲前部總督先鋒鬼

王謝恩畢。復啟道。大王在天許久。所授何職。猴王道。玉帝
鬼王太阿諛
輕賢。封我做個甚麼弼馬溫。鬼王聽言。又奏道。大王有此
神通。如何與他養馬。就做個齊天大聖。有何不可。猴王聞
爽快要做便自家做了
說。懽喜不勝。連道幾箇好好好。教四健將。就替我快置箇
必在他人喉下取氣
旌旗。旗上寫齊天大聖四大字。立竿張掛。自此以後。只稱
我為齊天大聖。不許再稱大王。亦可傳與各洞妖王。一體
知悉。此不在話下。卻說那玉帝次日設朝。只見張天師引
御馬監監丞監副。在冊墀下拜奏道。萬歲。新任弼馬溫孫
悟空。因嫌官小。昨日反下天宮去了。正說間。又見南天門
外。增長天王。領眾天丁。亦奏道。弼馬溫不知何故。走出天

門去了。玉帝聞言。即傳旨。着兩路神元各歸本職。朕遣天兵擒拿此怪。班部中。閃上托塔李天王與哪吒三太子。越班奏上道萬歲微臣不才。請旨降此妖怪。玉帝大喜。即封托塔天王李靖。為降魔大元帥。哪吒三太子。為三壇海會大神。即刻興師下界。李天王與哪吒叩頭謝辭。徑至本宮。點起三軍。帥眾頭目。着巨靈神為先鋒。魚肚將掠後。藥叉將催兵。一霎時。出南天門外。徑來到花果山選平陽處安了營寨。傳令教巨靈神挑戰。巨靈神得令。結束整齊輪着宣花斧。到了水簾洞外。只見那洞門外。許多妖魔都是些狼虫虎豹之類。丫丫叉叉輪鎗舞劍。在那裡跳鬬咆哮。這巨靈神喝道那業畜快早去報與弼馬溫知道吾乃上天大將奉玉帝旨意到此收伏教他早早出來受降免致汝等皆傷殘也那些怪奔奔波波傳報洞中道禍事了禍事了猴王問有甚禍事衆妖道門外有一員天將口稱大聖官銜道奉玉帝聖旨來此收伏教早早出去受降免傷我等性命猴王聽說教取我披掛來就戴上紫金冠貫上黃金甲登上步雲鞋手執如意金箍棒領衆出門擺開陣勢這巨靈神睜睛觀看真好猴王

身穿金甲亮堂堂頭戴金冠光映映手舉金箍棒一根
足踏雲鞋皆相稱一雙怪眼似明星兩耳過肩查又硬

挺挺身才變化多。聲音响亮如鐘磬。尖嘴咨牙弼馬溫。

心高要做齊天聖。

巨靈神厲聲高叫道。那潑猴你認得我麼。大聖聽言急問道你是那路毛神老孫不曾會你你快報名來巨靈神道。我把你那欺心的猢猻。你是認不得我。我乃高上神霄托塔李天王部下先鋒巨靈天將。今奉玉帝聖旨。到此收降你。你快卸下裝束歸順天恩。免得這滿山諸畜遭誅。若道半箇不字。教你頃刻化為虀粉。猴王聽說。心中大怒。道潑毛神休誇大口少弄長舌我本待一棒打死你恐無人去報信且留你性命快早回天對玉皇說他甚不用賢老孫

有無窮的本事爲何教我替他養馬你看我這旌旗上字
號若依此字號陞官我就不動刀兵自然的天地淸泰如
（連依此字號陞官也是多的）
若不依時閒就打上靈霄寶殿教他龍床定坐不成這巨
靈神聞此言急睜睛迎風觀看果見門外竪一高竿竿上
有旌旗一面上寫着齊天大聖四大字巨靈神冷笑三聲
道這潑猴這等不知人事輒敢無狀你就要做齊天大聖
好好的吃我一斧劈頭就砍將去那猴王正是會家不忙
將金箍棒應手相迎這一塲好殺

棒名如意斧號宣花他兩個乍相逢不知深淺斧和棒
左右交加一個暗藏神妙一個大口稱誇使動法噴雲

噯霧展開手。播土揚沙。天將神通就有道。猴王變化實無涯棒舉却如龍戲水斧來猶似鳳穿花巨靈名望傳天下。原來本事不如他大聖輕輕輪鐵棒着頭一下滿身麻。

巨靈神抵敵他不住。被猴王劈頭一棒。慌忙將斧架隔。扢扠的一聲。把箇斧柄打做兩截。急撤身敗陣逃生。猴王笑道膿包膿包我已饒了你你快去報信快去報信巨靈神回至營門。徑見托塔天王。忙哈哈跪下道。弼馬溫是果神通廣大。末將戰他不過。敗陣回來請罪。李天王發怒道。這厮剉我銳氣。推出斬之。傍邊閃出哪吒太子。拜告父王息

○直○得○賣○弄○

怒。且恕巨靈之罪。待孩兒出師一遭。便知深淺。天王聽諫。且教回營待罪。管事這哪吒太子甲胄齊整。跳出營盤。撞至水簾洞外。那孫悟空正來收兵。見哪吒來的勇猛。好太子。

總角纔遮頖。披毛未蓋肩。神奇多敏悟。骨秀更清妍。誠爲天上麒麟子。果是烟霞彩鳳仙。龍種自然非俗相。妙齡端不類塵凡。身帶六般神器械。飛騰變化廣無邊。今受玉皇金口詔。敕封海會號三壇。

悟空迎近前來。問曰。你是誰家小哥。闖近吾門。有何事幹。哪吒喝道。潑妖猴。豈不認得我。我乃托塔天王三太子哪

吒是也今奉玉帝欽差至此捉你悟空笑道小太子你的

如今偏是妳牙未退胎毛未乾的會大話

妳牙尚未退胎毛尚未乾怎敢說這般大話我且留你的性命不打你你只看我旌旗上是甚麼字號拜上玉帝是這般官銜再也不須動衆我自皈依若是不遂我心定要打上靈霄寶殿哪吒擡頭看處乃齊天大聖四字哪吒道這妖猴能有多大神通就敢稱此名號不要怕吃吾一劍悟空道我只站下不動任你砍幾劍罷那哪吒奮怒大喝一聲叫變即變做三頭六臂惡狠狠手持六般兵器乃是斬妖劍砍妖刀縛妖索降妖杵綉毬兒火輪兒丫丫乂乂撲面來打悟空見了心驚道這小哥倒也會弄些手段莫

無禮看我神通好大聖喝聲變也變做三頭六臂把金箍棒幌一幌也變作三條六隻手拿着三條棒架住這場鬭真箇是地動山搖好殺也

六臂哪吒太子天生美石猴王相逢真對手正遇本源流那一個蒙差來下界這一個欺心鬧斗牛斬妖寶劍鋒芒快砍妖刀狠鬼神愁縛妖索子如飛蟒降魔大杵似狼頭火輪掣電烘烘艷往往來來滾綉毬大聖三條如意棒前遮後擋運機謀苦爭數合無高下太子心中不肯休把那六件兵器多教變百千萬億照頭丟猴王不懼呵呵笑鐵棒翻騰自運籌以一化千千化萬滿空

亂舞賽飛虬諕得各洞妖王都閉戶遍山鬼怪盡藏頭神兵怒氣雲慘慘金箍鐵棒响颼颼那壁廂天丁吶喊人人怕這壁廂猴怪搖旗個個憂發狠兩家齊鬪勇不知那個剛强那個柔

三太子與悟空各騁神威鬪了箇三十回合那太子六般兵變做千千萬萬孫悟空金箍棒變作萬萬千千半空中似雨點流星不分勝負原來悟空手疾眼快正在那混亂之時他拔下一根毫毛叫聲變就變做他的本相手挺着棒演着哪吒他的真身却一縱趕至哪吒腦後着左膊上一棒打來哪吒正使法間聽得棒頭風响急躲閃時不能

措手被他着了一下負痛逃走收了法把六件兵器依舊歸身敗陣而回那陣上李天王早已看見急欲提兵助戰不覺太子倏至面前戰兢兢報道父王弼馬溫真箇有本事孩兒這般法力也戰他不過已被他打傷膊也天王大驚失色道這廝恁的神通如何取勝太子道他洞門外豎一竿旗上寫齊天大聖四字親口誇稱教玉帝就封他做齊天大聖萬事俱休若還不是此號定要打上靈霄寶殿

還是天王有主張

哩天王道既然如此且不要與他相持且去上界將此言回奏再多遣天兵圍捉這廝未爲遲也太子負痛不能復戰故同天王回天啟奏不題你看那猴王得勝歸山那七

十二洞妖王與那六弟兄俱來賀喜在洞天福地飲樂無此他却對六弟兄說小弟既稱齊天大聖你們亦可以大聖稱之（公道平等）內有牛魔王忽然高叫道賢弟言之有理我即稱做個平天大聖蛟魔王道我稱做覆海大聖鵬魔王道我稱混天大聖獅猊王道我稱移山大聖獼猴王道我稱通風大聖獨狨王道我稱驅神大聖此時七大聖自作自為（何聖之多也極衆講道學先生八人以聖自居那不令人笑殺）自稱自號耍樂一日各散訖却說那李天王與三太子領着衆將直至靈霄寶殿啟奏道臣等奉聖旨出師下界收伏妖仙孫悟空不則他神通廣大不能取勝仍望萬歲添兵剿除玉帝道諒一妖猴有多少本事還要添兵太子又

近前奏道望萬歲赦臣死罪那妖猴使一條鐵棒先敗了巨靈神又打傷臣侍膊洞門外立一竿旗上書齊天大聖四字道是封他這官職即便休兵來投若不是此官還要打上靈霄寶殿也玉帝聞言驚呀道何敢這般狂妄着衆將即刻誅之正說間班部中又閃出太白金星奏道那妖猴只知出言不知大小欲加兵與他爭鬭想一時不能收伏反又勞師不若萬歲大捨恩慈還降招安旨意就教他（好計較）做個齊天大聖只是加他箇空銜有官無祿便了玉帝道怎麼喚做有官無祿金星道名是齊天大聖只不與他事（世上那個不爲虛名所使）管不與他俸祿且養在天壤之間收他的邪心使不生狂

妄庶乾坤安靖海宇得清寧也玉帝聞言道依卿所奏即命降了詔書仍着金星領去金星復出南天門直至花果山水簾洞外觀看這番比前不同威風凜凜殺氣森森各樣妖精無般不有一個個都執劍拈鎗拿刀弄杖的在那里咆哮跳躍一見金星皆上前動手金星道那衆頭目來累你去報你大聖知之吾乃上帝遣來天使有聖旨在此請他衆妖即跑入報道外面有一老者他說是上界天使有旨意請你悟空道來得好來得好想是前番來的那太白金星那次請我上界雖是官爵不堪却也天上走了一次認得那天門內外之路今番又來定有好意教衆頭目

大開旗鼓擺隊迎接。大聖即帶引羣猴。頂冠貫甲。甲上罩了赭黃袍足踏雲履急急出洞門躬身施禮高叫道老星請（此猴又知禮體矣）進恕我失迎之罪金星趨步向前徑入洞內面南立着道今告大聖前者因大聖嫌惡官小躲離御馬監當有本監中大小官員奏了玉帝玉帝傳旨道凡授官職皆由卑而尊為何嫌小即有李天王領哪吒下界取戰不知大聖神通故遭敗北回天奏道大聖立一竿旗要做齊天大聖衆武將還要支吾是老漢力為大聖冒罪奏聞免興師旅請大王授籙玉帝准奏因此來請悟空笑道前番動勞今又蒙愛多謝多謝但不知上天可有此齊天大聖之官銜也金星道老漢以此銜奏准方敢領旨而來如有不遂只坐罪老漢便是悟空大喜懇留飲宴不肯遂與金星縱着祥雲到南天門外那些天丁天將都拱手相迎徑入靈霄殿下金星拜奏道臣奉詔宣弼馬溫孫悟空已到玉帝道那孫悟空過來今宣你做個齊天大聖官品極矣但切不可胡為這猴亦止朝上唱個喏道聲謝恩玉帝即命工幹官張魯二班在蟠桃園右首起一座齊天大聖府府內設箇二司一名安靜司一名寧神司（安靜寧神四字可味）司俱有仙吏左右扶持又差五斗星君送悟空去到任外賜仙酒二瓶金花十朵着他安心定志再勿胡為那猴王信受奉行即日與五斗星

君到府打開酒瓶同衆盡飲送星官回轉本宫他纔遂心滿意喜地權天在于天宫快樂無掛無礙正是

仙名永注長生籙　不墮輪廻萬古傳

畢竟不知向後如何且聽下回分解

總評

定要做齊天大聖到底名根不斷所以還受人束縛受人驅使畢竟併此四字抹殺方得自由自在齊天大聖府内設安静寧神兩司極有深意若能安静寧神便是齊天大聖若不能安静寧神還是個猴王讀者大須着眼

第五回

亂蟠桃大聖偷丹　反天宮諸神捉怪

話表齊天大聖到底是個妖猴更不知官銜品從也不較俸祿高低但只註名便了那齊天府下二司仙吏早晚伏侍只知日食三飡夜眠一榻無事牽縈自繇自在閑時節會友遊宮交朋結義見三清稱箇老字逢四帝道箇陛下與那九曜星五方將二十八宿四大天王十二元辰五方五老普天星相河漢羣神俱只以弟兄相待彼此稱呼今日東遊明日西蕩雲去雲來行踪不定一日玉帝早朝班部中閃出壽旌陽真人頫顖啟奏道今有齊天大聖日日

何等快活

無事閑遊結交天上衆星宿不論高低俱稱朋友恐後來閑中生事不若與他一件事管了庶免別生事端玉帝聞言即時宣詔那猴王欣欣然而至道陛下詔老孫有何陞賞玉帝道朕見你身閑無事與你一件執事你且權管那

着他管蟠桃園分明使猫管魚和尚守婦人也

蟠桃園早晚好生在意大聖懽喜謝恩[illegible]上唱喏而退他等不得窮忙即入蟠桃園內查勘本園中有個土地攔住問道大聖何往大聖道吾奉玉帝點差代管蟠桃園今來查勘也那土地連忙施禮即呼那一班鋤樹力士運水力士修桃力士打掃力士都來見大聖磕頭引他進去但見那

夭夭灼灼顆顆株株夭夭灼灼桃盈樹顆顆枝枝果壓枝果壓枝頭垂錦彈花盈枝上簇胭脂時開時結千年熟無夏無冬萬歲遲先熟的酡顏醉臉脆結的帶蒂青皮凝烟肌帶綠映日顯丹姿樹下奇葩並異卉四時不謝色齊齊左右樓臺並館舍盈空常見罩雲霓不是玄都凡俗種瑤池王母自栽培

大聖看翫多時問土地道此樹有多少株數土地道有三千六百株前面一千二百株花微果小三千年一熟人吃了成仙了道體健身輕中間一千二百株層花甘實六千年一熟人吃了霞舉飛昇長生不老後面一千二百株紫

紋細核九千年一熟人吃了與天地齊壽日月同庚大聖聞言懽喜無任當日查明了株樹點看了亭閣回府自此後三五日一次賞翫也不交友也不他遊一日見那老樹枝頭桃熟大半他心裡要吃個嘗新奈何本園土地力士並齊天府仙吏緊隨不便忽設一計道汝等且出門外伺候讓我在這亭上少憩片時那衆仙果退只見那猴王脫了冠服爬上大樹揀那熟透的大桃摘了許多就在樹枝上自在受用吃了一飽却纔跳下樹來簪冠着服喚衆等儀從回府遲三二日又去設法偷桃儘他享用一朝王母娘娘設宴大開寶閣瑤池中做蟠桃勝會即着那紅衣仙

這是本色

女青衣仙女素衣仙女皁衣仙女紫衣仙女黄衣仙女綠衣仙女各頂花籃去蟠桃園摘桃建會七衣仙女直至園門首只見蟠桃園土地力士同齊天府二司仙吏都在那裡把門仙女近前道我等奉王母懿旨到此摘桃設宴土地道仙娥且住今歲不比往年玉帝點差齊天大聖在此督理須是報大聖得知方敢開園仙女道大聖何在土地道大聖在園內因困倦自家在亭子上睡哩仙女道既如此尋他去來不可遲悞土地即與同進尋至花亭不見只有衣冠在亭不知何往四下里都沒尋處原來大聖耍了一會吃了幾箇桃子變做二寸長的個人兒在那大樹稍

猴

頭濃葉之下睡着了七衣仙女道我等奉旨前來尋不見大聖怎敢空回傍有仙吏道仙娥既奉旨來不必遲疑我大聖閑遊慣了想是出園會友去了汝等且去摘桃我們替你回話便是那仙女依言入樹林之下摘桃先在前樹摘了三籃又在中樹摘了三籃到後樹上摘取只見那樹上花果稀踈止有幾箇毛蔕青皮的原來熟的都是猴王吃了七仙女張望東西只見向南枝上止有一箇半紅半白的桃子青衣女用手扯下枝來紅衣女摘了却將枝子望上一放原來那大聖變化了正睡在此枝被他驚醒大聖即現本相耳躲內掣出金箍棒幌一幌碗來粗細咄的

一聲道你是那方怪物。敢大膽偷摘我桃慌得那七仙女
一齊跪下道大聖息怒我等不是妖怪乃王母娘娘差來
的七衣仙女摘取仙桃大開寶閣做蟠桃勝會適至此間
先見了本園土地等神尋大聖不見我等恐遲了王母懿
旨是以等不得大聖故先在此摘桃萬望恕罪大聖聞言
回嗔作喜道仙娥請起王母開閣設宴請的是誰仙女道
上會自有舊規請的西天佛老菩薩聖僧羅漢南方南極
觀音東方崇恩聖帝十洲三島仙翁北方北極玄靈中央
黃極黃角大仙這個是五方五老還有五斗星君上八洞
三清四帝太乙天仙等衆中八洞玉皇九壘海嶽神仙下

八洞幽冥教主注世地仙各宮各殿大小尊神俱一齊赴

猴頭貪亂

蟠桃嘉會大聖笑道可請我麼仙女道不曾聽得說大聖道我乃齊天大聖就請我老孫做個席尊有何不可仙女道此是上會舊規今會不知如何大聖道此言也是難怪汝等你且立下待老孫先去打聽箇消息看可請老孫不請好大聖捻着訣念聲咒語對衆仙女道住住住這原來是箇定身法把那七衣仙女一個個睖睖睜睜白着眼都站在桃樹之下大聖縱朶祥雲跳出園內徑奔瑤池路上的去正行時只見那壁廂

一天瑞靄光搖曳五色祥雲飛不絕白鶴聲鳴振九皐

紫芝色秀分千葉中間現出一尊仙相貌昂然丰采別

神舞虹霓幌漢霄腰懸寶籙無生滅名稱赤脚大羅仙

特赴蟠桃添壽節

那赤脚大仙覿面撞見大聖大聖低頭定計賺哄真仙他要暗去赴會却問老道何往大仙道蒙王母見招去赴蟠桃嘉會大聖道老道不知玉帝因老孫觔斗雲疾着老孫五路邀請列位先至通明殿下演禮後方去赴宴大仙是個光明正大之人就以他的言語作真道常年就在瑤池演禮謝恩如何先去通明殿演禮方去瑤池赴會無奈只得撥轉祥雲徑往通明殿去了大聖駕着雲念聲咒語搖

身一變就變做赤脚大仙模樣前奔瑤池不多時直至寶
閣按住雲頭輕輕移步走入裡面只見那里
　瓊香繚繞瑞靄繽紛瑤臺鋪彩結寶閣散氤氳鳳翥鸞
　騰形縹緲金花玉萼影浮沉上排着九鳳丹霞扆八寶
　紫霓墩五彩描金桌千花碧玉盆桌上有龍肝和鳳髓
　熊掌與猩唇珍羞百味般般美異果嘉殽色色新
那裡鋪設得齊齊整整却還未有仙來這大聖點看不盡
忽聞得一陣酒香撲鼻忽轉頭見右壁廂長廊之下有幾
個造酒的仙官盤糟的力士領幾個運水的道人燒火的
童子在那里洗缸刷甕已造成了玉液瓊漿香醪佳釀大

聖止不住口角流涎就要去吃奈何那些人都在那裡他就弄箇神通把毫毛拔下幾根丟入口中嚼碎噴將出去念聲咒語叫變即變做幾箇瞌睡蟲奔在衆人臉上你看那夥人手軟頭低閉眉合眼丟了執事都去盹睡大聖却拿了些百味八珍佳殽異品走入長廊裡面就着缸挨着甕放開量痛飲一番吃勾了多時酕醄醉了自揣自摸道不好不好再過會請的客來却不怪我一時拿住怎生是好不好不如早回府中睡去也好大聖搖搖擺擺仗着酒任情亂撞一會把路差了不是齊天府却是兜率天宮一見了頓然醒悟道兜率宮是三十三天之上乃離恨天太上老

君之處如何錯到此間也罷也罷一向要來望此老不曾得來今趂此殘步就望他一望也好即整衣撞進去那里不見老君四無人跡原來那老君與燃燈古佛在三層高閣朱丹陵臺上講道衆仙童仙將仙官仙吏都侍立左右聽講這大聖直至丹房裡面尋訪不遇但見丹竈之傍爐中有火爐左右安放着五箇葫蘆葫蘆裡都是煉就的金丹大聖喜道此物乃仙家之至寶老孫自了道以來識破了內外相同之理也要煉些金丹濟人不期到家無暇今日有緣却又撞着此物趂老子不在等我吃他幾九嘗新○此○猴○可○憐○又○可○喜○也○他就把那葫蘆都傾出來就都吃了如吃炒豆相似一時

開丹滿酒醒又自已揣度道不好不好這場禍比天還大
若驚動玉帝性命難存走走走不如下界爲王去也他就
跑出兜率宮不行舊路從西天門使個隱身法逃去即按
雲頭回至花果山界但見那旌旗閃灼戈戟光輝原來是
四健將與七十二洞妖王在那里演習武藝大聖高叫道
小的們我來也衆怪丟了器械跪倒道大聖好寬心丟下
我等許久不來相顧大王道沒多時沒多時且說且行徑
入洞天深處四健將打掃安歇叩頭禮拜畢俱道大聖在
天這百十年實受何職大聖笑道我記得纔半年光景怎
麼就說百十年話健將道在天一日即在下方一年也大

聖道且喜這番玉帝相愛果封做齊天大聖起一座齊天府又設安靜寧神二司司設仙吏侍衛向後見我無事着我去管蟠桃園近因王母娘娘設蟠桃大會未曾請我是我不待他請先赴瑤池把他那仙品仙酒都是我偷吃了走出瑤池踉踉蹡蹡悞入老君宮闕又把他五箇葫蘆金丹也偷吃了但恐玉帝見罪方纔走出天門來也衆怪聞言大喜卽安排酒果接風將椰酒滿斟一石碗奉上大聖喝了一口卽咨牙倈嘴道不好吃不好吃崩芭二將道大聖在天宮吃了仙酒仙殽是以椰酒不甚美常言道美不美鄉中水大聖道你們就是親不親故鄉人我今早在

瑤池中受用時見那長廊之下有許多瓶罐都是那玉液瓊漿你們都不曾嘗着待我再去偷他幾瓶回來你們各飲半杯一個個也長生不老衆猴懽喜不勝大聖即出洞門又翻一觔斗使個隱身法徑至蟠桃會上進瑤池宮闕只見那幾個造酒盤糟運水燒火的還鼾睡未醒他將大的從左右脇下挾了兩個兩手提了兩個即撥轉雲頭回來會衆猴在于洞中就做個仙酒會各飲了幾杯快樂不題却說那七衣仙女自受了大聖的定身法術一周天方能解脫各提花藍回奏王母說齊天大聖使術法困住我等故此來遲王母問道汝等摘了多少蟠桃仙女道只有

兩籃小桃三籃中桃至後面大桃半個也無想都是大聖偷吃了及正尋間不期大聖走將出來行兇拷打又問設宴請誰我等把上會事說了一遍他就定住我等不知去向直到如今纔得醒解回來王母聞言即去見玉帝備陳前事說不了又見那造酒的一班人同仙官等來奏不知甚麼人攪亂了蟠桃大會偷吃了玉液瓊漿其八珍百味亦俱偷吃了又有四大天師奏上太上道祖來了玉帝即同王母出迎老君朝禮畢道老道宮中煉了些九轉金丹伺候陛下做丹元大會不期被賊偷去特啟陛下知之玉帝見奏悚懼少時又有齊天府仙吏叩頭道孫大聖不守

執事。白昨日出遊，（從前作遊事，今日說出來）至今未轉，更不知去向。玉帝又添疑思。只見那赤腳大仙又頫顖上奏，道：臣蒙王母詔，昨日赴會，偶遇齊天大聖，對臣言萬歲有旨，着他邀臣等先赴通明殿演禮，方去赴會。臣依他言語，即返至通明殿外，不見萬歲龍車鳳輦，又急來此俟候。玉帝越發大驚，道：這廝假傳旨意，賺哄賢卿，快着糾察靈官緝訪這廝蹤跡。靈官領旨即出殿，徧訪，盡得其詳細，回奏道：攪亂天宮者，乃齊天大聖也。又將前事盡訴一番。（玉帝還惱知道力何）玉帝大惱，即差四大天王，協同李天王並哪吒太子，點二十八宿、九曜星官、十二元辰、五方揭諦、四值功曹、東西星斗、南北二神、五岳四瀆、普天星

相共十萬天兵佈一十八架天羅地網下界去花果山圍困定捉獲那廝處治眾神卽時興師離了天宮這一去但見那

黃風滾滾遮天暗紫霧騰騰罩地昏只爲妖王欺上帝致令眾聖降凡塵四大天王五方上帝四大天王權總制五方大聖調多兵李托塔中軍掌號惡哪吒前部先鋒羅睺星爲頭檢點計都星隨後崢嶸太陰星精神抖擻太陽星照耀分明五行星偏能豪傑九耀星最喜相爭元辰星子午卯酉一個個都是大力天丁五瘟五岳東西擺六丁六甲左右行四瀆龍神分上下二十八宿

宿層層角亢氐房爲總領奎婁胃昴慣翻騰牛斗女虛危室壁心尾箕星個個能井鬼柳星張翼軫輪鎗舞劍顯威靈停雲降霧臨凡世花果山前扎營

詩曰

天產猴王變化多偷丹偷酒樂山窩因攪亂蟠桃會
十萬天兵佈網羅

當時李天王傳下令着衆天兵扎了營把那花果山圍得水泄不通上下佈了十八架天羅地網先差九曜惡星出戰九曜即提兵徑至洞外只見那洞外大小羣猴跳躍頑耍星官厲聲高叫道那小妖你那大聖在那里我等乃上

界差調的天神到此降伏這造反的大聖教他快快來歸
降若道半箇不字教汝等一槩遭誅那小妖慌忙傳入道
大聖禍事了禍事了外面有九個兇神口稱上界差來的
天神收降大聖那大聖正與七十二洞妖王並四健將分
飲仙酒一聞此報公然不理道今朝有酒今朝醉莫管門
前是與非說不了一起小妖又跳來道那九個兇神惡言
潑語在門前罵戰哩大聖笑道莫採他詩酒且圖今日樂
功名休問幾時成說猶未了又一起小妖來報爺爺那九
個兇神已把門打破殺進來也大聖怒道這潑毛神老大
無禮本待不與他計較如何上門來欺我即命獨角鬼王

領帥七十二洞妖王出陣老孫領四健將隨後那鬼王疾帥妖兵出門迎敵却被九曜惡星一齊掩殺抵住在鐵板橋頭莫能得出正嚷間大聖到了叫一聲開路掣開鐵棒幌一幌碗來粗細丈二長短丢開架子打將出來九曜星那個敢抵一時打退那九曜星立住陣勢道你這不知死活的弼馬溫你犯了十惡之罪先偷桃後偷酒攪亂了蟠桃大會又竊了老君仙丹又將御酒偷來此處享樂你罪上加罪豈不知之大聖笑道這幾樁事實有實有但如今你怎麼九曜星道吾奉玉帝金旨帥衆到此收降你快早皈依免教這些生靈納命不然就躧平了此山掀翻了此

洞也大聖大怒道量你這些毛神有[illegible]敢出浪言不要走請吃老孫一棒這九曜星一齊踴躍那美猴王不懼分毫輪起金箍棒左遮右擋把那九曜星戰得筋疲力軟一個個倒拖器械敗陣而走急入中軍帳下對托塔天王道那猴王果十分驍勇我等戰他不過敗陣來了李天王即調四大天王與二十八宿一路出師來鬬大聖大聖也公然不懼調出獨角鬼王七十二洞妖王與四個健將就于洞門外列成陣勢你看這塲混戰好驚人也

寒風颯颯怪霧陰陰那壁廂旌旗飛彩這壁廂戈戟生輝滾滾盔明層層甲亮滾滾盔明映太陽如撞天的銀

磬厯厯甲亮砌出岩崖似歷
楮白鎗度霧穿雲方天戟
明鏟密樹排陣彎弓硬弩
聖一條如意棒翻來覆去
山內虎狼奔揚砂走石乞
兵兵朴朴驚天地煞
這一場自辰時佈陣混
十二洞妖怪盡被衆天
羣猴深藏在水簾洞底這
與李托塔哪吒太子俱

將晚向

就變了千

戰敗了五個

見鐵板橋頭四個

三聲又唏唏哈哈大笑

笑何也徒將道今早帥衆將

王與獨角鬼王盡被衆神提

大聖得勝回來未曾傷損故

之常古人云殺人一萬自損

虎豹狼蟲獾獐狐狢之

第六回

觀音赴會問原因　小聖施威降大聖

且不言天神圍繞大聖安歇話表南海普陀落伽山大慈大悲救苦救難靈感觀世音菩薩自王母娘娘請赴蟠桃大會與大徒弟惠岸行者同登寶閣瑤池見那里荒荒涼涼席面殘亂雖有幾位天仙俱不就座都在那里亂紛紛講論菩薩與衆仙相見畢衆仙備言前事菩薩道既無盛

原來上

界神佛都不戒酒

會又不傳杯汝等可跟貧僧去見玉帝衆仙依言隨往至通明殿前早有四大天師赤脚大仙等衆俱在此迎着菩薩即道玉帝煩惱調遣天兵擒怪未回等因菩薩道我要

見見玉帝煩爲轉奏天師丘弘濟即入靈霄寶殿啟知宣入時有太上老君在上王母娘娘在後菩薩引衆同入裡面與玉帝禮畢又與老君王母相見各坐下便問蟠桃盛會如何玉帝道每年請會喜喜懽懽今年被妖猴作亂甚是虛邀也菩薩道妖猴是何出處玉帝道妖猴乃東勝神洲傲來國花果山石卵化生的當時生出即目運金光射冲斗府始不介意繼而成精降龍伏虎自削死籍當有龍

○者○那○只○難○

王閻王啟奏朕欲擒拿是長庚星啟奏道三界之間凡有

○爲○六○竅○旨○道○者○可

九竅者可以成仙朕即施教育賢宣他上界封爲御馬監弼馬溫官那厮嫌惡官小反了天宫即差李天王與哪吒

太子收降。又降詔撫安。宣至上界。就封他做個齊天大聖。只是有官無祿。他因沒事幹管理。東遊西蕩。朕又恐別生事端。着他代管蟠桃園。他又不遵法律。將老樹大桃。盡行偷吃。及至設會。他乃無祿人員。不曾請他。他就設計賺哄

原不該有許多名色分別還是玉皇不是

赤脚大仙。却自變他相貌入會。將仙殽仙酒。盡偷吃了。又偷老君仙丹。又偷御酒若干。去與本山衆猴享樂。朕心爲此煩惱。故調十萬天兵。天羅地網收伏。這一日不見回報。不知勝負如何。菩薩聞言。即命惠岸行者道。你可快下天宮。到花果山。打探軍情如何。如遇相敵。可就相助一功。務必的實回話。惠岸行者。整整衣裙。執一條鐵棍。駕雲離闕。

徑至山前。見那天羅地網。密密層層。各營門提鈴喝號。將那山圍繞的水泄不通。惠岸立住。叫把營門的天丁。煩你傳報。我乃李天王二太子木叉。南海觀音大徒弟惠岸。特來打探軍情。那營裡五岳神兵。即傳入轅門之內。早有虛日鼠。昴日雞。星日馬。房日兔。將言傳到中軍帳下。李天王發下令旗。教開天羅地網。放他進來。此時東方纔亮。惠岸隨旗進入。見四大天王。與李天王下拜。拜訖。李天王道。孩兒。你自那廂來者。惠岸道。愚男隨菩薩赴蟠桃會。菩薩見勝會荒涼。瑤池寂寞。引眾仙並愚男去見玉帝。玉帝備言父王等下界收伏妖猴。一日不見回報。勝負未知。菩薩因命愚男到此打聽虛實李天王道昨日到此安營下寨着九曜星挑戰被這廝大弄神通九曜星俱敗走而回後我等親自提兵那廝也排開陣勢我等十萬天兵與他混戰至晚他使箇分身法戰退及收兵查勘時止捉得些狼蟲虎豹之類不曾捉得他半個妖猴今日還未出戰說不了只見轅門外有人來報道那大聖引一羣猴精在外面叫戰四大天王與李天王竝太子正議出兵木义道父王愚男蒙菩薩分付下來打探消息就說若遇戰時可助一功今不才願往看他怎麼個大聖天王道孩兒你隨菩薩修行這幾年想必也有些神通切須在意好太子雙手輪着

鐵棍束一束繡衣跳出轅門高叫那個是齊天大聖大聖挺如意棒應聲道老孫便是你是甚人輒敢問我木叉道吾乃李天王第二太子木叉今在觀音菩薩寶座前爲徒弟護敎法名惠岸是也大聖道你不在南海修行卻來此見我做甚木叉道我蒙師父差來打探軍情見你這般猖獗特來擒你大聖道你敢說那等大話且休走吃老孫這一棒木叉全然不懼使鐵棒劈手相迎他兩個在那半山中轅門外這塲好鬬

棍雖對棍鐵各異兵縱交兵人不同一個是太乙散仙呼大聖一個是觀音徒弟正元龍渾鐵棍乃千鎚打六

丁六甲運神功。如意棒是天河定。鎮海神珍法力洪。可
個相逢真對手。往來解數實無窮。這個的混鉄棍萬千
兇。遶腰貫索疾如風。那個的夾鎗棒不放空。左遮右攩
怎相容。那陣上旌旗閃閃。這陣上鼉鼓鼕鼕。萬員天將
團團繞。一洞妖猴簇簇叢。怪霧愁雲漫地府。狼烟煞氣
射天宮。昨朝混戰還猶可。今日爭持更又兇。堪羨猴王
真本事。木叉復敗又逃生。

這大聖與惠岸戰經五六十合。惠岸臂膊酸麻。不能迎敵。
虛幌一幌。敗陣而走。大聖也收了猴兵。安扎在洞門之外。
只見天王營門外。大小天兵。接住了太子。讓開大路。徑入

轅門對四天王李托塔哪吒。氣哈哈的。喘息未定。好大聖。好大聖着實神通廣大。孩兒戰不過。又敗陣而來也。李天王見了心驚。即命寫表求助。便差大力鬼王與木叉太子。上天啟奏。二人當時不敢停留。闖出天羅地網。駕起瑞靄祥雲。須臾徑至通明殿下。見了四大天師。引至靈霄寶殿。呈上表章。惠岸又見菩薩施禮。菩薩道。你下界的如何。惠岸道。始領命到花果山。叫開天羅地網。拜見了父親。道師父差命之意。父王道。昨日與那猴王戰了一場。止捉得他虎豹獅象之類。更未捉他一個猴精。正講間。他又索戰。是弟子使鐵棍與他戰經五六十合。不能取勝。敗走回營。父親因此差大力鬼王同弟子上界求助。菩薩低頭思忖。却說玉帝拆開表章。見有求助之言。笑道。叵耐這個猴精。能有多大手段。就敢敵過十萬天兵。李天王又來求助。却將那路神兵助之。言未畢。觀音合掌啟奏。陛下寬心。貧僧舉一神可擒這猴。玉帝道。所舉者何神。菩薩道。乃陛下令甥顯聖二郎真君。見居灌洲灌江口。享受下方香火。他昔日曾力誅六怪。又有梅山兄弟。與帳前一千二百草頭神。神通廣大。奈他只是聽調不聽宣。陛下可降一道調兵旨意。着他助力。便可擒也。玉帝聞言。即傳調兵的旨意。就差大力鬼王賚調。那鬼王領了旨。即駕起雲。徑至灌江口。不消

半箇時辰直至真君之廟早有把門的鬼判傳報至裡道
外有天使捧旨而至二郎即與衆弟兄出門迎接旨意焚
香開讀旨意上云花果山妖猴齊天大聖作亂因在宮偷
桃偷酒偷丹攪亂蟠桃大會見着十萬天兵一十八架天
羅地網圍山收伏未曾得勝今特調賢甥同義兄弟即赴
花果山助力剿除成功之後高陞重賞真君大喜道天使
請回吾當就去拔刀相助也鬼王回奏不題這真君即與
梅山六兄弟乃康張姚李四太尉郭申直健二將軍聚集
殿前道適纔玉帝調遣我等往花果山收降妖猴同去去
來衆兄弟俱忻然願往即點本部神兵駕鷹牽犬踏弩張

弓。縱狂風。霎時過了東洋大海。徑至花果山。見那天羅地網。密密層層。不能前進。因叫道。把天羅地網的將校聽着。吾乃二郎顯聖真君。蒙玉帝調來擒拿妖猴者。快開營門放行。一時各神。一層層傳入四大天王。與李天王。俱出轅門迎接。相見畢。問及勝敗之事。天王將上項事。備陳一遍。真君笑道。小聖來此必須與他鬬箇變化。列公將天羅地網。不要幔了頂上。只四圍緊密。待我賭鬬。若我輸與他不必列位相助。我自有兄弟扶持。若贏了他也不必列位綁縛。我自有兄弟動手。只請托塔天王與我使箇照妖鏡住立空中。恐他一時敗陣。逃竄他方。切須與我照耀明白。勿走了他天王各居四維衆天兵各挨排列陣去訖這眞君領着四太尉二將軍連本身七兄弟出營挑戰分付衆將緊守營盤收拴了鷹犬衆艸頭神得令眞君直到那水簾洞外見那一羣猴齊齊整整排作箇蟠龍陣勢中軍裡立一竿旗上書齊天大聖四字眞君道那潑妖怎麽稱得起齊天之職梅山六弟道且休讚嘆叫戰去來那營口小猴見了眞君急走去報知那猴王即掣金箍棒整黃金甲登步雲履按一按紫金冠騰出營門急睜睛觀看那眞君的相貌果是清奇打扮得又秀氣眞箇是

儀容清俊貌堂堂兩耳垂肩目有光頭戴三山飛鳳帽

身穿一領淡鵞黃縷金靴襯盤龍襪玉帶團花八寶妝腰挂彈弓新月様手執三尖兩刃鎗斧劈桃山曾救母彈打櫻羅雙鳳凰刀誅八怪聲名遠義結梅山七聖行心高不認天家眷性傲歸神住灌江赤城昭惠英靈聖顯化無邊號二郎

大聖見了笑嘻嘻的將金箍棒掣起高叫道你是何方小將乃敢大膽到此挑戰眞君喝道你這厮有眼無珠認不得我也我乃玉帝外甥勅封昭惠靈顯王二郎是也今蒙上命到此擒你這反天宮的弼馬溫猢猻你還不知死活大聖道我記得當年玉帝妹子思凡下界配合楊君生一

男子曾使斧劈桃山的是你麽我待要罵你幾聲曾奈無甚冤仇待要打你一棒可惜了你的性命你這郎君小輩可急急回去喚你四大天王出來眞君聞言心中大怒道潑猴休得無禮吃吾一刀大聖側身躲過疾舉金箍棒劈手相還他兩個這場好殺

昭惠二郎神齊天孫大聖這個心高欺敵美猴王那個面生壓伏眞梁棟兩個乍相逢各人皆賭興從來未識淺和深今日方知輕與重鐵棒賽飛龍神鋒如舞鳳左攩右攻前迎後映這陣上梅山六弟助威風那陣上馬流四將傳軍令搖旗擂鼓各齊心吶喊篩鑼都助興兩

個鋼刀有見機。一來一往無絲縫。金箍棒是海中珍。變化飛騰能取勝。若還身慢命該休。但要差池爲蹭蹬。眞君與大聖鬬經三百餘合。不知勝負。那眞君抖搜神威。搖身一變。變得身高萬丈。兩隻手舉着三尖兩刃神鋒。好便似華山頂上之峯。青臉獠牙。朱紅頭髮。惡狠狠望大聖着頭就砍。這大聖也使神通。變得與二郎身軀一樣。嘴臉一般舉一條如意金箍棒。却就是崑崙頂上擎天之柱。抵住二郎神。諕得那馬流元帥。戰兢兢搖不得旌旗。崩芭二將虛怯怯使不得刀劍。這陣上康張姚李郭申直健傳號令。撒放艸頭神。向他那水簾洞外。縱着鷹犬。搭弩張弓。一

齊掩殺可憐冲散妖猴四健將捉拏靈怪二三千那些猴
抛戈棄甲撇劒丟鎗跑的跑喊的喊上山的上山歸洞的
歸洞好似夜猫驚宿鳥飛漸滿天星衆兄弟得勝不題却
說真君與大聖變做法天象地的規模正鬬時大聖忽見
本營中妖猴驚散自覺心慌收了法象掣棒抽身就走真
君見他敗走大步趕上道那里走趂早歸降饒你性命大
聖不戀戰只得跑起將近洞口正撞着康張姚李四太尉
郭申直健二將軍一齊帥衆擋住道潑猴那里走大聖慌（幻筆）
了手脚就把金箍棒揑做綉花針藏在耳内𢹂身一變變
作箇麻雀兒飛在樹稍頭釘住那六兄弟慌慌張張前後

尋覓不見一齊吆喝道走了這猴精也走了這猴精也正嚷處真君到了問兄弟們赶到那廂不見了衆神道纔在這里圍住就不見了二郎圓睜鳳目觀看見大聖變了麻雀兒釘在樹上就收了法象撇了神鋒卸下彈弓搖身一變變作箇餓鷹兒抖開翅飛將去撲打大聖見了抖的一翅飛起去變作一隻大鷀老冲天而去二郎見了急抖翎毛搖身一變變作一隻大海鶴鑽上雲霄來嗛大聖又將身按下入澗中變作一箇魚兒淬入水内二郎赶至澗邊不見踪跡心中暗想道這猢猻必然下水去也定變作魚蝦之類等我再變變拿他果一變變作箇魚鷹兒飄蕩在

下溜頭波面上等待片時那大聖變魚兒順水正遊忽見
老思飛溥
一隻飛禽似青莊毛片不青似鷺鷥頂上無纓似老鸛腿
又不紅想是二郎變化了等我哩急轉頭打箇花就走二
郎看見道打花的魚兒似鯉魚尾巴不紅似鱖魚花鱗不
見似黑魚頭上無星似魴魚腮上無針他怎麼見了我就
回去了必然是那猴變的趕上來刷的啄一嘴那大聖就
攛出水中一變變作一條水蛇遊近岸鑽入艸中二郎因
嗛他不着他見水响中見一條蛇攛出去認得是大聖急
轉身又變做着一隻朱綉頂的灰鶴伸着一箇長嘴與一
把尖頭鐵鉗子相似徑來吃這水蛇水蛇跳一跳又變做

○老○猴○做○了○老○鴇○粉○蛋○定○是○老○猪○孩○了○
一隻花鴇木木樗樗的立在蓼汀之上二郎見他變得低
那花鴇乃鳥中至賤至淫之物不拘鸞鳳鷹鴉都與交群
故此不去攏傍即現原身走將去取過彈弓拽滿一彈子
把他打箇蹌踵那大聖趁着機會滾下山崖伏在那里又
變變一座土地廟兒大張着口似箇廟門牙齒變做門扇
○匪○夷○所○思○
舌頭變做菩薩眼睛變做窗櫺只有尾巴不好收拾豎在
後面變做一根旗竿真君趕到崖下不見打倒的鴇鳥只
有一間小廟急睜鳳眼仔細看之見旗竿立在後面笑道
是這猢猻了他今又在那里哄我我也曾見廟宇更不曾
見一箇旗竿豎在後面的斷是這畜生弄諠他若哄我進

去他便一口咬住我怎肯進去等我掣拳先搗牕櫺後踢門扇大聖聽得心驚道好狠好狠門扇是我牙齒牕櫺是我眼睛若打了牙搗了眼却怎麽是好撲的一箇虎跳又冒在空中不見真君前前後後亂赶只見四太尉二將軍一齊擁至道兄長拿住大聖了麽真君笑道那猴兒纔自變座廟宇哄我我正要搗他牕櫺踢他門扇他就縱一縱又渺無踪跡可怪可怪衆皆愕然四望更無形影真君道兄弟們在此看守巡邏等我上去尋他急縱身駕雲起在半空見那李天王高擎照妖鏡與哪吒住立雲端真君道天王曾見那猴王麽天王道不曾上來我這里照着他哩

眞君把那賭變化弄神通拿羣猴一事說畢却道他變个
宇正打處就走了李天王聞言又把照妖鏡四方一照呵
呵的笑道眞君快去快去那猴使了箇隱身法走出營圍
往你那灌江口去也二郎聽說即取神鋒回灌江口來赶
却說那大聖已至灌江口搖身一變變作二郎爺爺的模
樣按下雲頭徑入廟裡鬼判不能相認一個個磕頭迎接
他坐中間點查香火見李虎拜還的三牲張龍許下的保
福趙甲求子的文書錢丙告病的良愿正看處有人報又
一個爺爺來了衆鬼判急急觀看無不驚心眞君却道有
個甚麼齊天大聖纔來這里否衆鬼判道不曾見甚麼大

聖只有一個爺爺在裡面查點哩真君撞進門大聖見了現出本相道郎君不消嚷廟宇已姓孫了這真君郎舉三尖兩刃神鋒劈臉就砍那猴王使箇身法讓過神鋒掣出那綉花針兒幌一幌碗來粗細赶到前對面相還兩個嚷嚷鬧鬧打出廟門半霧半雲且行且戰復打到花果山慌得那四大天王等衆隄防愈緊這康張太尉等迎着真君合心努力把那美猴王圍繞不題話表大力鬼王既調了真君與六兄弟提兵擒魔去後却上界回奏玉帝與觀音菩薩王母並衆仙卿正在靈霄殿講話道既是二郎已去赴戰這一日還不見回報觀音合掌道貧僧請陛下同道

祖出南天門外親去看看虛實何如玉帝道言之有理即擺駕同道祖觀音王母與衆仙卿至南天門早有些天丁力士接着開門遥觀只見衆天丁佈羅網圍住四面李天王與哪吒擎照妖鏡立在空中真君把大聖圍繞中間紛紛賭鬭哩菩薩開口對老君說貧僧所舉二郎神如何果有神通已把那大聖圍困只是未得擒拏我如今助他一功決拏住他也老君道菩薩將甚兵器怎麽助他菩薩道我將那淨瓶楊柳抛下去打那猴頭即不能打死也打箇一跌教二郎小聖好去拿他老君道你這瓶是箇磁器常打著他便好如打不着他的頭或撞着他的鐵棒卻不打

碎了你且莫動手等我老君助他一功菩薩道你有甚麼兵器老君道有有有將起衣袖左膊上取下一箇圈子說道這件兵器乃錕鋼摶煉的被我將還丹點成養就一身靈氣善能變化水火不侵又能套諸物一名金鋼琢又名金鋼套當年過函關化胡為佛甚是虧他早晚最可防身等我丟下去打他一下話畢自天門上往下一摜滴流流徑落花果山營盤裡可可的着猴王頭上一下猴王只顧苦戰七聖却不知天上墜下這兵器打中了天靈立不穩腳跌了一跤爬將起來就跑被二郎爺爺的細犬趕上照腿肚子上一口又扯了一跌他睡倒在地罵道這箇亡人

你不去妨家長却來咬老孫急翻身爬不起來被七聖一擁按住即將繩索綑綁使勾刀穿了琵琶骨再不能變化那老君收了金鋼琢請玉帝同觀音王母衆仙等俱回靈霄殿這下面四大天王與李天王諸神俱收兵拔寨近前向小聖賀喜都道此小聖之功也小聖道此乃天尊洪福衆神威權我何功之有康張姚李道兄長不必多敘且押這廝去上界見玉帝請旨發落去也真君道賢弟汝等未受天籙不得面見玉帝教六甲神兵押着我同天王等上界回旨你們帥衆在此搜山搜淨之後仍回灌口待我請了賞討了功回來同樂四太尉二將軍依言領諾這真君

與衆。即駕雲頭唱凱歌。得勝朝天。不多時。到通明殿外。天師啟奏道。四大天王等衆。已捉了妖猴齊天大聖了。來此聽宣。玉帝傳旨。即命大力鬼王。與天丁等衆。押至斬妖臺將這廝碎剁其屍。咦。正是

欺誑今遭刑憲苦　英雄氣槩等時休

畢竟不知那猴王性命何如。且聽下回分解

總批

千變萬化。到大士手內即住。亦有微意。蓋菩薩只是自在兩字。由他千怪萬怪。到底跳不出自在圈子。此作者之意也。世上只有自在好。千怪萬怪無益也。

第七回

八卦爐中逃大聖　五行山下定心猿

富貴功名前緣分定爲人切莫欺心正大光明忠良善果彌深些些狂妄天加譴眼前不遇待時臨問東君因甚如今禍害相侵只爲心高圖罔極不分上下亂規箴

話表齊天大聖被衆天兵押去斬妖臺下綁在降妖柱上刀砍斧剁鎗刺劍刳莫想傷及其身南斗星奮令火部衆神放火煨燒亦不能燒着又着雷部衆神以雷屑釘打越發不能傷損一毫那大力鬼王與衆啟奏道萬歲這大聖不知是何處學得這護身之法臣等用刀砍斧剁雷打火

燒一毫不能傷損卻如之何玉帝聞言道這廝這等妖力
如何處治太上老君即奏道那猴吃了蟠桃飲了御酒又
盜了仙丹我那五壺丹有生有熟被他都吃在肚裡運用
三昧火煅成一塊所以渾做金鋼之軀急不能傷不若與
老道領去放在八卦爐中以文武火煅煉煉出我的丹來
他身自為灰燼矣玉帝聞言即教六丁六甲將他解下付
與老君老君領旨去訖一壁廂宣二郎顯聖賞賜金花百
朵御酒百瓶還丹百粒異寶明珠錦繡等件教與義兄弟
分享真君謝恩回灌江口不題那老君到兜率宮將大聖
解去繩索放了穿琵琶骨之器推入八卦爐中命看爐的

道人架火的童子將火扇起煅煉原來那爐是乾坎艮震
巽離坤兌八卦他即將身鑽在巽宮位下巽乃風也有風
則無火只是風攪得烟來把一雙眼煼紅了弄做箇老害
病眼故喚作火眼金睛真箇光陰迅速不覺七七四十九
日老君的火候俱全忽一日開爐取丹那大聖雙手侮着
眼正自揉搓流涕只聽得爐頭聲向猛睜睛看見光明他
就忍不住將身一縱跳出丹爐唿喇的一聲蹬倒八卦爐
徃外就走慌得那架火看爐與丁甲一班人來扯被他一
個個都放倒好似癲癇的白額虎風狂的獨角龍老君赶
上抓一把被他一捽捽了箇倒栽葱脫身走了即去耳中

掣出如意棒，迎風幌一幌，碗來粗細，依然拿在手中，不分好歹，却又大亂天宮，打得那九曜星閉門閉戶，四天王無影無形。好猴精！有詩爲証。

詩曰：

混元體正合先天，萬刼千番只自然。
渺渺無爲渾太乙，如如不動號初玄。
爐中久煉非鉛汞，物外長生是本仙。
變化無窮還變化，三皈五戒總休言。

又詩

一點靈光徹太虛，那條拄杖亦如之。
或長或短隨人用，橫豎橫排任卷舒。

又詩

猿猴道體配人心心即猿猴意思深大聖齊天非假論
官封弼馬是知音馬猿合作心和意緊縛牢拴莫外尋
萬相歸真從一理。如來同契住雙林。

這一番那猴王不分上下。使鐵棒東打西敵。更無一人可攩。直打到通明殿裡。靈霄殿外。幸有佑聖真君的佐使王靈官直殿。他見大聖縱橫。掣金鞭近前攩住道。潑猴何往。有吾在此。切莫猖狂。這大聖不由分說。舉棒就打。那靈官急起相迎。兩個在靈霄殿前厮渾一處。好殺。

赤膽忠良名譽大。欺天誑上聲名壞。一低一好幸相持。

豪傑英雄同賭賽。鐵棒兒金鞭快。正直無私怎忍耐。這個是太乙雷聲應化尊。那個是齊天大聖猿猴怪。金鞭鐵棒兩家能。都是神宮仙器械。今日在靈霄寶殿弄威風。各展雄才真可愛。一個欺心要奪斗牛宮。一個竭力匡扶元聖界。苦爭不讓顯神通。鞭棒往來無勝敗。

他兩個鬬在一處。勝敗未分。早有佑聖真君。又差將佐發文到雷府。調三十六員雷將齊來。把大聖圍在垓心。各騁兇惡鏖戰。那大聖全無一毫懼色。使一條如意棒。左遮右擋。後架前迎。一時見那眾雷將的刀鎗劍戟鞭簡撾鎚鉞斧金瓜旄鐮月鏟。來的甚緊。他即搖身一變。變做三頭六

臂把如意棒幌一幌變作三條六隻手使開三條棒好便似紡車兒一般滴流流在那垓心裡飛舞衆雷神莫能相近真箇是

圓陀陀光灼灼亘古常存人怎學入火不能焚入水何曾溺光明一顆摩尼珠劍戟刀鎗傷不着也能善也能惡眼前善惡憑他作善時成佛與成仙惡處披毛並帶角無窮變化鬧天宮雷將神兵不可捉

和盤托出

當時衆聖把大聖攢在一處却不能近身亂嚷亂鬬早驚動玉帝遂傳旨着遊奕靈官同翊聖真君上西方請佛老降伏那二聖得了旨徑到靈山勝境雷音寶剎之前對四

金剛八菩薩禮畢即煩轉達衆神隨至寶蓮臺下啟知如來君請二聖禮佛三匝侍立臺下如來問玉帝何事煩二聖下臨二聖即啟道向時花果山產一猴在那里弄神通聚衆猴攪亂世界玉帝降招安旨封爲弼馬溫他嫌官小反去當遣李天王哪吒太子擒拿未獲復招安他封做齊天大聖先有官無祿着他待管蟠桃園他即偷桃又走至瑶池偷殽偷酒攪亂大會仗酒又暗入兜率宫偷老君仙丹反出天宫玉帝復遣十萬天兵亦不能收伏後觀世音舉二郎眞君同他義兄弟追殺他變化多端虧老君拋金鋼琢打重二郎方得拿住解赴御前即命斬之力砍斧剁

火燒雷打俱不能傷老君奏准領去以火煅煉四十九日
開鼎他却又跳出八卦爐打退天丁徑入通明殿裡靈霄
殿外被佑聖真君的佐使王靈官擋住苦戰又調三十六
員雷將把他困在垓心終不能相近因此玉帝特請如來
救駕如來聞說即對衆菩薩道汝等在此穩坐法堂休得
亂了禪位待我煉魔救駕去來如來即喚阿難迦葉二尊
者相隨離了雷音徑至靈霄門外忽聽得殺聲振耳乃三
十六員雷將圍困着大聖哩佛祖傳法旨教雷將停息干
戈放開營所叫那大聖出來等我問他有何法力衆將果
退大聖也收了法象現出原身近前怒氣昂昂厲聲高叫

道你是那方善士敢來止住刀兵問我如來笑道我是西方極樂世界釋迦牟尼尊者南無阿彌陀佛今聞你猖狂村野屢反天宮不知是何方生長何年得道為何這等暴橫大聖道我本

天地生成靈混仙花果山中一老猿水簾洞裡為家業
拜友尋師悟太玄煉就長生多少法學來變化廣無邊
因在凡間嫌地窄立心端要住瑤天靈霄寶殿非他久
歷代人王有分傳強者為尊該讓我英雄只此敢爭先

說得是

佛祖聽言呵呵冷笑道你那廝乃是個猴子成精焉敢欺心要奪玉皇上帝尊位他自幼修持苦歷過一千五百五

十劫每劫該十二萬九千六百年你筭他該多少年數方能享受此無極大道你那箇初世爲人的畜生如何出此（只爲初世爲人所以敢出大言）大言不當人子不當人子折了你的壽筭趁早皈依切莫胡說但恐遭了毒手性命頃刻而休可惜了你的本來面目大聖道他雖年劫修長也不應久住在此常言道皇帝輪流做明年到我家只教他搬出去將天宮讓與我便罷了若還不讓定要攪亂永不清平佛祖道你除了長生變化之法再有何能敢占天宮勝境大聖道我的手段多哩我有七十二般變化萬劫不老長生會駕觔斗雲一縱十萬八千里如何坐不得天位佛祖道我與你打箇賭賽你

若有本事一觔斗打出我這右手掌中筭你羸再不用動刀兵苦爭戰就請玉帝到西方居住把天宮讓你若不能打出手掌你還下界爲妖再修幾刼却來爭炒那大聖聞言暗笑道這如來十分好獃我老孫一觔斗去十萬八千里他那手掌方圓不滿一尺如何跳不出去急發聲道既如此說你可做得主張佛祖道做得做得伸開右手却似箇荷葉大小那大聖收了如意棒抖擻神威將身一縱站在佛祖手心裡却道聲我出去也你看他一路雲光無影無形去了佛祖慧眼觀看見那猴王風車子一般相似不住只管前進大聖行時忽見有五根肉紅柱子撐着一般

青氣他道此間乃盡頭路了這番回去如來作證靈霄宮定是我坐也又思量說且住等我留下些記號方好與如

趣甚妙甚何物文人思筆雙幻乃爾

來說話拔下一根毫毛吹口仙氣叫變變作一管濃墨雙毫筆在那中間柱子上寫一行大字云齊天大聖到此一遊寫畢收了毫毛又不莊尊却在第一根柱子根下撒了一泡猴尿翻轉觔斗雲徑回本處站在如來掌內道我已去今來了你教玉帝讓天宮與我如來罵道我把你這箇尿精猴子你正好不曾離了我掌哩大聖道你是不知我去到天盡頭見五根肉紅柱撑着一股青氣我留箇記在那里你敢和我同去看麼如來道不消去你只自低頭看

看那大聖睜圓火眼金睛低頭看時原來佛祖右手中指寫着齊天大聖到此一遊大指丫裡還有些猴尿臊氣大聖吃了一驚道有這等事有這等事我將此字寫在撑天柱子上如何却在他手指上莫非有個未卜先知的法術我决不信不信等我再去來好大聖急縱身又要跳出被佛祖翻掌一撲把這猴王推出西天門外將五指化作金木水火土五座聯山喚名五行山輕輕的把他壓住衆雷神與阿難迦葉一個個合掌稱揚道善哉善哉

當年卵化學爲人立志修行果道真萬劫無移居勝境
一朝有變散精神欺天罔上思高位凌聖偷丹亂大倫

惡貫滿盈今有報不知何日得翻身
如來佛祖殄滅了妖猴即喚阿難迦葉同轉西方極樂世界時有天蓬天佑急出靈霄寶殿道請如來少待我主大駕來也佛祖聞言回首瞻仰須臾果見八景鸞輿九光寶蓋聲奏玄歌妙樂詠哦無量神章散寶花噴真香直至佛前謝曰多蒙大法收滅妖邪望如來少停一日請諸仙做一會筵奉謝如來不敢違悖即合掌謝道老僧承大天尊宣命來此有何法力還是天尊與衆神洪福敢勞致謝玉帝傳旨即着雷部衆神分頭請三清四御五老六司七元八極九曜十都千真萬聖來此赴會同謝佛恩又命四大

天師九天仙女大開玉京金闕太玄寶宮洞陽玉館請如來高座七寶靈臺調設各班坐位安排龍肝鳳髓玉液蟠桃不一時那

玉清元始天尊上清靈寶天尊太清道德天尊五炁真君五斗星君三官四聖九曜真君左輔右弼天王哪吒玄虛一應靈通對對旌旗雙雙幡蓋都捧着明珠異寶壽果奇花

向佛前拜獻曰感如來無量法力收伏妖猴蒙大天尊設宴呼喚我等皆來陳謝請如來將此會立一名如何如來領衆神之托曰今欲立名可作安天大會各仙老異口

同聲俱道好箇安天大會好箇安天大會言訖各坐座定
走斝傳觴簪花鼓瑟果好會也有詩為證
宴設蟠桃猴攪亂安天大會勝蟠桃龍旂鸞輅祥光藹
寶節幢幡瑞氣飄仙樂玄歌音韻美鳳簫玉管響聲高
瓊香繚繞羣仙集宇宙清平賀聖朝
衆皆暢然喜會只見王母娘娘引一班仙子仙娥美姬毛
女飄飄蕩蕩舞向佛前施禮曰前被妖猴攪亂蟠桃嘉會
請衆仙衆佛俱來成功今蒙如來大法鍊鎖頑猴喜慶安
天大會無物可謝今是我淨手親摘大株蟠桃數顆奉獻
眞箇是

半紅半綠噴香靄艷麗仙根萬載長堪笑武陵源上種
爭如天府更奇強紫紋嬌嫩寰中少緗核清甜世莫雙
延壽延年能易體有緣食者自非常
佛祖合掌向王母謝訖王母又着仙姬仙子唱的唱舞的
舞滿會羣仙又皆賞讚正是
縹渺天香滿座繽紛仙蕊仙花玉京金闕大榮華異品
奇珍無價對對與天齊壽雙雙萬劫增加桑田滄海任
更差他自無驚無訝
王母正着仙姬仙子歌舞觥籌交錯不多時忽又聞得
一陣異香來鼻嗅驚動滿堂星與宿天仙佛祖把杯停

各各擡頭迎目候。霄漢中間現老人。手捧靈芝飛藹繡。
葫蘆藏蓄萬年丹。寶籙名書千紀壽。洞裏乾坤任自由。
壺中日月隨成就。遨遊四海樂清閑。散淡十洲容輻輳。
曾赴蟠桃醉幾遭。醒時明月還依舊。長頭大耳短身軀。
南極之方稱老壽。

壽星又到。見玉帝禮畢。又見如來申謝曰。始聞那妖猴被老君引至兜率宮煅煉。以爲必致平安。不期他又反出。幸如來善伏此怪。設宴奉謝。故此聞風而來。更無他物可獻。特具紫芝瑤艸。碧藕金丹奉上。詩曰。

碧藕金丹奉釋迦。如來萬壽若恒沙。清平永樂三乘錦。

康泰長生九品花，無相門中真法王，色空天上是仙家。
乾坤大地皆稱祖，丈六金身福壽華。

如來忻然領謝。壽星就座，依然走斝傳觴。只見赤脚大仙來至，向玉帝前頫顖禮畢，又對佛祖謝道：深感法力，降伏妖猴，無物可以表敬，特具交梨、火棗數枚奉獻。詩曰：

大仙赤脚棗梨香，敬獻彌陀壽笇長。七寶蓮臺山樣穩，
千金花座錦般妝。壽同天地言非謬，福比洪波話豈狂。
福壽如期真個是，清閑極樂那西方。

如來又稱謝了，叫阿儺、迦葉，將各所獻之物，一一收起，方向玉帝前謝宴。衆各酩酊，只見個巡視靈官來報道：那大

聖伸出頭來了佛祖道不妨不妨袖中只取出一張帖子上
上有六箇金字唵嘛呢叭𠺗吽遞與阿儺叫貼在那山頂
上這尊者即領帖子拿出天門到那五行山頂上緊緊的
貼在一塊四方石上那座山即生根合縫可運用呼吸之
氣手兒爬出可以搖挣阿儺回報道已將帖子貼了如來
門辭了玉帝衆神與二尊者出天門之外又發一箇慈悲
必念動真言咒語將五行山召一尊土地神祇會同五方
揭諦居住此山監押但他饑時與他鐵丸子吃渴時與他
溶化的銅汁飲待他灾愆滿日自有人救他正是

妖猴大膽反天宮却被如來伏手降渴飲溶銅捱歲月

饑飡鐵彈度時光，天灾苦困遭磨蟄，人事凄京喜命長，若得英雄重展掙，他年奉佛上西方。

又詩曰：

伏逞豪強大勢興，降龍伏虎弄乖能，偷桃偷酒遊天府，受籙承恩在玉京，惡貫滿盈身受困，善根不絕氣還昇，果然脫得如來手，且待唐朝出聖僧。

畢竟不知向後何年何月，方滿灾殃，且聽下回分解。

總批

齊天筋斗，只在如來掌上，見出不得如來手也。如來非他，此心之常便是；妖猴非他，此心之變便是。饒他

千怪萬變到底不離本來面目常固常變亦常耳萬千變態何益何益人可不自省

又批

妖猴刀砍斧剁雷打火燒一亭不能傷損亦有微意見此性不壞故記中亦已明言之矣記曰光明一顆摩尼珠劍戟刀鎗傷不着也能善也能惡眼前善惡憑他作善時成佛與成仙惡處披毛並帶角叅不齊詳哉其言之只要讀者着眼耳

第八回

我佛造經傳極樂　觀音奉旨上長安

試問禪關參求無數往往到頭虛老磨磚作鏡積雪爲糧迷了幾多年少毛吞大海芥納須彌金色頭陀微笑悟時超十地三乘凝滯了四生六道誰聽得絕想崖前無陰樹下杜宇一聲春曉曹溪路險鷲嶺雲深此處故人音杳千丈冰崖五葉蓮開古殿簾垂香裊那時節識破源流便見龍王三寶

此内頗有信息

這一篇詞名蘇武慢話表我佛如來辭别了玉帝回至雷音寶剎但見那三千諸佛五百阿羅八大金剛無邊菩薩

一個個都執着幢幡寶蓋異寶仙花擺列在靈山仙境娑羅雙林之下接迎如來駕住祥雲對衆道我以甚深般若遍觀三界根本性原畢竟寂滅同虛空相一無所有殄伏乖猴是事莫識名生死始法相如是說罷放舍利之光滿空有白虹四十二道南北通連大衆見了皈身禮拜少頃間聚慶雲彩霧登上品蓮臺端然坐下那三千諸佛五百羅漢八金剛四菩薩合掌近前禮畢問曰鬧天宮攪亂蟠桃者何也如來道那廝乃花果山產的一妖猴罪惡滔天不可名狀槩天神將俱莫能降伏雖二郎捉獲老君用火煆煉亦莫能傷損我去時正在雷將

中間揚威耀武賣美精神被我止住兵戈問他來歷他言有神通會變化能駕觔斗雲一去十萬八千里我與他打了箇賭賽他出不得我手却將他一把抓住指化五行山封壓他在那里玉帝大開金闕瑤宮請我坐了首席立安天大會謝我却方辭駕而回大衆聽言喜說極口稱揚謝罷各分班而退各執乃事共樂天真果然是

瑞靄漫天竺虹光擁世尊西方稱第一無相法王門常見玄猿獻果麋鹿啣花青鸞舞彩鳳鳴靈龜捧壽仙鶴噙芝安享淨土祇園受用龍宮法界日日花開時時果熟習靜歸真參禪果正不滅不生不增不減烟霞縹

緲隨來往寒暑無侵不記年　詩曰

去來自在任優游也無恐怖也無愁極樂塲中俱坦蕩

大千之處沒春秋

佛祖居於靈山大雷音寶刹之間一日喚聚諸佛阿羅揭

諦菩薩金剛比丘僧尼等衆曰自伏乖猿安天之後我處

○既說不知年月緣○何又說孟秋望○日

不知年月料凡間有半千年矣今值孟秋望日我有一寶

盆盆中具設百樣奇花千般異果等物與汝等享此盂蘭

盆會如何槩衆一個個合掌禮佛三匝領會如來却將寶

盆中花果品物着阿難捧定着迦葉佈散大衆感激各獻

詩伸謝

福詩曰

福星光耀世尊前，福納彌深遠更綿。福德無疆同地久，
福緣有慶與天連。福田廣種年年盛，福海洪深歲歲堅。
福滿乾坤多福蔭，福增無量永周全。

祿詩曰

祿重如山彩鳳鳴，祿隨時泰祝長庚。祿添萬斛身康健，
祿享千鍾世太平。祿俸齊天還永固，祿名似海更澄清。
祿恩遠繼多瞻仰，祿爵無邊萬國榮。

壽詩曰

壽星獻彩對如來，壽域光華自此開。壽果滿盤生瑞靄。

壽花新採插蓮臺壽詩清雅多奇妙壽曲調音揆美才壽命延長同日月壽如山海更悠哉

衆菩薩獻畢因請如來明示根本指解源流那如來微開善口敷演大法宣揚正果講的是三乘妙典五蘊楞嚴但見那天龍圍繞花雨繽紛正是禪心朗照千江月真性清涵萬里天如來講罷對衆言曰我觀四大部洲衆生善惡者各方不一東勝神洲者敬天敬地心爽氣平北俱盧洲者雖好殺生祇因糊口性拙情疎無多作賤我西牛賀洲者不貪不殺養氣潛靈雖無上真人人固壽但那南贍部洲者貪淫樂禍多殺多爭正所謂口舌凶場是非惡海我

今有三藏真經（那指你萬藏真經）可以勸人爲善諸菩薩聞言合掌皈依向佛前問曰如來有那三藏真經如來曰我有法一藏談天論一藏說地經一藏度鬼三藏共計三十五部該一萬五千一百四十四卷乃是修真（真真）之經正善之門我待要送上東土頗耐那生愚蠢毀謗真言不識我法門之旨要怠慢了瑜迦之正宗怎麼得一個有法力的去東土尋一個善（如來忒也做腔然不做腔不得只爲東土愚頑故耳）信交他苦歷千山詢經萬水到我處求取真經永傳東土勸化衆生却乃是箇山大的福緣海深的善慶誰肯去走一遭來當有觀音菩薩行近蓮臺禮佛三匝道弟子不才願上東土尋一個取經人來也諸衆擡頭觀看那菩薩

理圓四德。智滿金身。纓絡垂珠翠香環結寶明。烏雲巧疊盤龍髻。繡帶輕飄彩鳳翎。碧玉紐素羅袍祥光籠罩。錦絨裙。金落索。瑞氣遮迎眉如小月。眼似雙星。玉面天生喜。朱唇一點紅淨瓶甘露年年盛斜插垂楊歲歲青解八難。度羣生。大慈憫。故鎮太山居南海。救苦尋聲。萬稱萬應。千聖千靈蘭心欣紫竹。蕙性愛香藤他是落伽山上慈悲主。潮音洞裡活觀音。

如來見了。心中大喜道。別個是也去不得。須是觀音尊者。神通廣大。方可去得。菩薩道。弟子此去東土。有甚言語分付。如來道這一去要踏看路道。不許在霄漢中行。須是要半雲半霧。目過山水。謹記程途遠近之數。叮嚀那取經人。但恐善信難行。我與你五件寶貝。即命阿儺迦葉。取出錦襴袈裟一領。九環錫杖一根。對菩薩言曰。這袈裟錫杖。可與那取經人親用。若肯堅心來此。穿我的袈裟。免墮輪迴。持我的錫杖。不遭毒害。這菩薩皈依拜領。如來又取三箇箍兒。遞與菩薩道。此寶喚做緊箍兒。雖是一樣三箇。但只是用各不同。我有金緊禁的咒語三篇。假若路上撞見神通廣大的妖魔。你須是勸他學好。跟那取經人。做箇徒弟。他若不伏使喚。可將此箍兒與他戴在頭上。自然見肉生根。各依所用的咒語念一念。眼脹頭疼。腦門皆裂。管教他入我門來那菩薩聞言踴躍作禮而退即喚惠岸行者隨行那惠岸使一條混鐵棍重有千斤只在菩薩左右作一個降魔的大力士菩薩遂將錦襴袈裟作一箇包裹令他背了菩薩將金箍藏了執了錫杖徑下靈山這一去有分交佛子還來歸本願金蟬長老裹栴檀那菩薩到山脚下有玉真觀金頂大仙在觀門首接住請菩薩獻茶菩薩不敢久停曰今領如來法旨上東土尋取經人去大仙道取經人幾時方到菩薩道未定約模二三年間或可至此遂辭了大仙半雲半霧約記程途有詩爲証詩曰

萬里相尋自不言却云誰得意難全求人忽若渾如此

是我平生豈偶然傳道有方成妄說說明無信也虛傳願傾肝膽尋相識料想前頭必有緣

師徒二人正走間忽然見弱水三千乃是流沙河界菩薩道徒弟呀此處却是難行取經人濁骨凡胎如何得渡惠岸道師父你看河有多遠那菩薩停雲步看時只見東連沙磧西抵諸番南達烏戈北通韃靼徑過有八百里遙上下有千萬里遠水流一似地翻身浪滾却如山聳背洋洋浩浩漠漠茫茫十里遙聞萬丈洪仙槎難到此蓮葉莫能浮衰艸斜陽流曲浦黃雲影日暗長堤那里得客商來往何曾有漁叟依棲平沙無鴈落遠岸有

猿啼只是紅蓼花蘩知景色白蘋香細任依依

菩薩正然點看只見那河中潑剌一聲响亮水波裡跳出一個妖魔來十分醜惡他生得

青不青黑不黑晦氣色臉長不長短不短赤腳觔軀眼光閃爍好似竈底雙燈口角丫叉就如屠家火鉢獠牙撐劍刃紅髮亂蓬鬆一聲叱咤如雷吼兩腳奔波似滾風

那怪物手執一根寶杖走上岸就捉菩薩却被惠岸掣渾鐵棒擋住喝聲休走那怪物就持寶杖來迎兩個在流沙河邊這一場惡殺真箇驚人

木义渾鐵棒護法顯神通怪物降妖杖努力逞英雄雙條銀蟒河邊舞一對神僧岸上冲那一個威鎮流沙施本事這一個力保觀音建大功那一個翻波躍浪這一個吐霧噴風翻波躍浪乾坤暗吐霧噴雲日月昏那個降妖杖好便似出山的白虎這個渾鐵棒却就如卧道的黃龍那個使將來尋蛇撥艸這個丟開去撲鷂分松只殺得昏漠漠星辰燦爛霧騰騰天地朦朧那個久居弱水誇他狠這個初出靈山第一功

他兩個來來往往戰上數十合不分勝負那怪物架住了鐵棒道你是那里和尚敢來與我抵敵木义道我是托塔

天王二太子木叉惠岸行者今保我師父往東土尋取經人去你是何怪敢大膽阻路那怪方才惺悟道我記得你跟南海觀音在紫竹林中修行你爲何來此木叉道那岸上不是我師父怪物聞言連聲喏喏收了寶杖讓木叉揪了去見觀音納頭下拜告道菩薩恕我之罪待我訴告我不是妖邪我是靈霄殿下侍鑾輿的捲簾大將只因在蟠桃會上失手打碎了玻璃盞玉帝把我打了八百貶下界來變得這般模樣又叫七日一次將飛劍來穿我胸脇百餘下方回故此這般苦惱沒柰何饑寒難忍三二日間出波濤尋一個行人食用不期今日無知冲撞了大慈菩薩

令人飛劍[illegible]七日一次可憐可憐

菩薩道。你在天有罪。既貶下來。今又這等傷生。正所謂罪上加罪。我今領了佛旨。上東土尋取經人。你何不入我門來。皈依善果。跟那取經人做個徒弟。上西天拜佛求經。我叫飛劍不來穿你。那時節功成免罪。復你本職。心下如何。那怪道。我願皈正果。乃向前道。菩薩。我在此間吃人無數。向來有幾次取經人來。都被我吃了。凡吃的人頭。拋落流沙。竟沉水底。這箇水。鵝毛也不能浮。惟有九個取經人的骷髏。浮在水面。再不能沉。我以爲異物。將索兒穿在一處。閑時拿來頑耍。這去。但恐取經人不得到此。却不是反悞了我的前程也。菩薩曰。豈有不到之理。你可將骷髏兒掛

在頭項下等候

教誨菩薩即與他 [illegible] 指沙為姓就姓了沙起箇法

名叫做箇沙悟淨當時入了沙門送菩薩過了河他洗心

滌慮再不傷生專等菩薩菩薩與他別了同木叉徑奔東

土行了多時又見一座高山山上有惡氣遮漫不能步上

正欲駕雲過山不覺狂風起處又閃上一個妖魔他生得

又甚兇險但見他

捲臟蓮蓬吊搭嘴耳如蒲扇顯金睛獠牙鋒利如鋼剉

長嘴張開似火盆金盔緊繫腮邊帶勒甲絲縧蟒退鱗

手執釘鈀龍探爪腰挎彎弓月半輪糾糾威風欺太歲

昂昂志氣壓天神・

他撞上來・不分好歹・望菩薩舉釘鈀就築・被木叉行者擋住・大喝一聲道・那潑怪休得無禮・看棒・妖魔道・這和尚不知死活・看鈀・兩個在山底下一沖一撞・賭鬬輸贏・真好殺・

妖魔兇猛・惠岸威能・鐵棒分心搗・釘鈀劈面迎・播土揚塵天地暗・飛砂走石鬼神驚・九齒鈀光耀耀・雙環響喨・一條棒黑悠悠・兩手飛騰・這箇是天生太子・那個是元帥精靈・一個在普陀爲護法・一個在山洞作妖精・這場相遇爭高下・不知那個虧輸那個贏・

他兩個正殺到好處・觀世音在半空中抛下蓮花・隔開鈀

杖怪物見了心驚便問你是那里和尚敢弄甚麽眼前花
哄我木叉道我把你這個肉眼凡胎的潑物我是南海菩
薩的徒弟這是我師父抛來的蓮花你也不認得哩那怪
道南海菩薩可是掃三災救八難的觀世音麽木叉道不
是他是誰怪物撇了釘鈀納頭下禮道老兄菩薩在那里
累煩你引見一引見木叉仰面指道那不是怪物朝上磕
頭厲聲高叫道菩薩恕罪恕罪觀音按下雲頭前來問道
你是那里成精的野豕何方作怪的老彘敢在此間擋我
那怪道我不是野豕亦不是老彘我本是天河裡天蓬元
帥只因帶酒戲弄嫦娥玉帝把我打了二千鎚貶下塵凡

一靈眞性徑來奪舍投胎不期錯了道路投在個母猪胎裡變得這般模樣是我咬殺母猪打死羣彘在此處占了山塲吃人度日不期撞著菩薩萬望拔救拔救菩薩道此山叫做甚麼山怪物道叫做福陵山山中有一洞叫做雲棧洞洞裡原有個卵二姐他見我有些武藝招我做個家長又喚做到踏門不上一年他死了將一洞的家當盡歸我受用在此日久年深沒有贍身的勾當只是依本等吃人度日萬望菩薩恕罪菩薩道古人云若要有前程莫做沒前程你既上界違法今又不改兇心傷生造孽却不是二罪俱罰那怪道前程前程若依你教我嗑風常言道依

今人見識個個如此

着官法打殺依着佛法餓殺去也去也還不如捉個行人
肥膩膩的吃他家娘管甚麽二罪三罪千罪萬罪菩薩道
人有善願天必從之汝若肯歸依正果自有養身之處世
有五穀不能濟饑爲何吃人度日怪物聞言似夢方覺向
菩薩道我欲從正奈何獲罪于天無所禱也菩薩道我領
了佛旨上東土尋取經人你可跟他做個徒弟往西天走
一遭來將功折罪管教你脫離災瘴那怪滿口道願隨願
隨菩薩纔與他摩頂受戒指身爲姓就姓了猪替他起個
法名就叫做猪悟能遂此領命歸眞持齋把素斷絕了五
葷三厭專候那取經人菩薩却與木叉辭了悟能半興雲

霧前來，正走處，只見空中有一條玉龍叫喚，菩薩近前問曰，你是何龍，在此受罪，那龍道，我是西海龍王敖潤之子，因縱火燒了殿上明珠，我父王表奏天庭，告了忤逆，玉帝把我吊在空中，打了三百，不日遭誅，望菩薩搭救搭救，觀音聞言，即與木叉撞上南天門裡，早有丘張二天師接着，問道何往，菩薩道，貧僧要見玉帝一面，二天師即忙上奏，玉帝遂下殿迎接，菩薩上前禮畢道，貧僧領佛旨，上東土尋取經人，路遇孽龍懸弔，特來啟奏，饒他性命，賜與貧僧，教他與取經人做個脚力，玉帝聞言，即傳旨赦宥，差天將解放送與菩薩，菩薩謝恩而出，這小龍叩頭謝活命之恩，聽從菩薩使喚。菩薩把他送在深澗之中。只等取經人來。變做白馬。上西方立功。小龍領命。潛身不題。菩薩帶引木叉行者過了此山。又奔東土。行不多時。忽見金光萬道。瑞氣千條。木叉道。師父那放光之處。乃是五行山了。見有如來的壓帖在那里。菩薩道。此却是那攪亂蟠桃會。大鬧天宮的齊天大聖。今乃壓在此也。木叉道。正是正是。師徒俱上山來。觀看帖子。乃是唵嘛呢叭呢吽六字真言。菩薩看罷。歎惜不已。作詩一首。詩曰

堪歎妖猴不奉公。當年狂妄逞英雄。欺心攪亂蟠桃會。
大膽私行兜率宮。十萬軍中無敵手。九重天上有威風。

自遭我佛如來困，何日舒伸再顯功。

師徒們正說話處，早驚動了那大聖。大聖在山根下，高叫道：是那個在山上吟詩，揭我的短哩。菩薩聞言，徑下山來尋看。只見那石崖之下，有土地、山神、監押大聖的天將，都來拜接了菩薩，引至那大聖面前。看時，他原來壓于石匣至人不壓之中，口能言，身不能動。在石匣之中也，只是口能言，身不能動，何也。菩薩道：姓孫的，你認得我麼？大聖睜開火眼金睛，點着頭兒高叫道：我怎麼不認得你，你好像是那南海普陀落伽山救苦救難大慈大悲南無觀世音菩薩。承看顧，承看顧。我在此度日如年，更無一個相知的來看我一看。你從那里來也？菩薩道：我奉佛旨，上東土尋取經人去從此徑過特留殘步看你大聖道如來哄了我把我壓在此山五百餘年了不能展掙萬望菩薩方便一二救我老孫一救菩薩道你這廝罪業彌深救你出來恐你又生禍害反為不美大聖道我已知悔了但願大慈悲指條門路情願修行這纔是

人心生一念天地盡皆知善惡若無報乾坤必有私

那菩薩聞得此言滿心懽喜對大聖道聖經云出其言善則千里之外應之出其言不善則千里之外遠之你既有此心待我到了東土大唐國尋一個取經的人來教他救你你可跟他做個徒弟秉教加持入我佛門再修正果如

何大聖聲聲道願去願去菩薩道既有善果我與你起箇法名大聖道我已有名了叫做孫悟空菩薩又喜道我前面也有二人歸降正是悟字排行你今也是悟字却與他相合甚好甚好這等也不消叮囑我去也那大聖見性明心歸佛教這菩薩留情在意訪神僧他與木叉離了此處一直東來不一日就到了長安大唐國斂霧收雲師徒們變作兩個疥癩遊僧入長安城裡早不覺天晚行至大市街傍見一座土地廟祠二人徑入諕得那土地心慌鬼兵膽戰知是菩薩叩頭接入那土地又急跑報與城隍社令及滿城長安各廟神祇[illegible]叅見告道菩薩恕衆

接遲之罪。菩薩道汝等上[illegible]一毫消息我奉佛旨特來此處尋訪取經人。借你廟宇權住幾日。待訪着眞僧即回。衆神各歸本處。把個土地。赶在城隍廟裡暫住他師徒們隱遁眞形。畢竟不知尋出那個取經人來。且聽下回分解。

總批

老孫是名悟空。老猪是名悟能。老沙是名悟淨。如此提醒叫喚。不止三番四覆。空者何在。能者何在。淨者何在。畢竟求一個悟的眞。如龜之毛。兎之角也。可勝浩嘆。可勝浩嘆。

如來曰南贍部洲正所謂口舌凶場是非惡海逼真佛語也然此猶從未取經之前言之今大藏真經儼然在也何又從凶場中多起干戈惡海內猛翻波浪何耶真可爲之痛哭流涕者矣